BASTEI
LÜBBE

JOHN SINCLAIR IM
TASCHENBUCH-PROGRAMM:

73 216 Fluchtpunkt Atlantis
73 217 Blut und Sünde
73 218 Fürchte deinen Nächsten!
73 219 Das Götter-Opfer
73 220 Die Vollstrecker
73 221 Leonardos Liebesbiß
73 222 Sarg-Legende
73 223 Der Sensenmann
73 224 Bennys Blutgericht
73 225 Geboren in der Hölle
73 226 Die Macht der Medusa

GEISTERJÄGER

JOHN SINCLAIR

Jason Dark

URLAUB IM HÖLLENCLUB

Horror-Roman

BASTEI LÜBBE

BASTEI LÜBBE TASCHENBUCH
Band 73 227

Erste Auflage: März 2000

Lektorat: Rainer Delfs
Titelbild: Monica / Norma Agency, Barcelona
Umschlaggestaltung: QuadroGrafik, Bensberg
Satz: Fotosatz Steckstor, Rösrath
Druck und Verarbeitung:
AIT Trondheim AS, Norwegen
Printed in Norway
ISBN 3-404-73227-8

Sie finden uns im Internet unter http://www.bastei.de
und http://www.luebbe.de

Der Preis dieses Bandes versteht sich einschließlich der gesetzlichen Mehrwertsteuer

Selbst eine Postkarte hätte die Schönheit der karibischen Nacht nicht so wiedergeben können wie sie sich in der Realität präsentierte. Es war einfach zu kitschig, um wahr zu sein.

Im Hintergrund der Himmel wie ein dunkelblaues Kissen, über das zahlreiche Diamantsplitter gestreut worden waren. Funkelnde Sterne in der Unendlichkeit des Alls.

Davor der kleine Hafen, in dem zahlreiche Schiffe vor Anker lagen und sich schaukelnd auf den leichten Wellen bewegten. Masten reckten sich stolz dem Himmel entgegen. Rank und schlank – bis auf einen.

Von ihm hing etwas nach unten. Erst bei genauerem Hinsehen war es zu erkennen. Ein lebloser Körper. Und der Wind spielte mit dem Gehängten ...

»Es ist die Rutschbahn zum Teufel! Direkt hinein in die Hölle!« So hatte der ältere Gast gesprochen, als er mit dem Lift hochgefahren war und hinuntergeschaut hatte.

Das war am Tage gewesen. Jetzt aber war es dunkel, und Todd Blaine stand an der gleichen Stelle.

Die Rutschbahn war eine der Attraktionen des Hotels. Wer sie benutzte, der brauchte schon etwas Mut. Wenn er jedoch unten ankam, ins Wasser hineinschoß und sich dann umschaute, erlebte er eine wunderbare Welt.

Man konnte die Schräge durchaus mit einem Schlauchboot als Hilfsmittel hinabrutschen. Darauf verzichteten viele. Sie wollten das pure Erlebnis haben, und auch Todd Blaine dachte nicht daran, sich eine Unterlage zu holen, die auf der Plattform bereitlagen.

Blaine gönnte sich diesen kleinen Spaß nur in der

Nacht. Tagsüber hatte er Dienst. Er war Aufpasser und Animateur in dieser einmaligen Wasserwelt. Er zeigte sich dafür verantwortlich, daß es den Feriengästen gutging, sie immer ihren Spaß hatten und sich nicht selbst überforderten.

Todd Blaine dachte an so etwas nicht, wenn er selbst aus sich herausging. Er brauchte das. Er war Sportler. Er liebte die Herausforderung. Egal, was es war. Er tauchte, er fuhr Wasserski, er sprang mit den Leuten Bungee, wenn sie es wollten, oder umrundete in einem Speed Boat mit ihnen die Insel.

Alles war super in seinem Job, und Todd Caine, der ewig braune Hüne mit den blonden Haaren fühlte sich auch so. Die kalkulierte Gefahr hatte ihn schon immer gereizt, aber an seinem fünfunddreißigjährigen Geburtstag hatte er den Job als Stuntman aufgegeben und war in die Karibik gegangen, auf die Insel, die sich Adventure Island nannte und zu den Bahamas gehörte.

Da seine Mutter aus Cardiff stammte und einen Amerikaner geheiratet hatte, fühlte er sich auf den Bahamas schon ein wenig zu Hause. Natürlich nur die eine Hälfte von ihm.

Die Beleuchtung in diesem hohen Gebäude wurde in der Nacht gedimmt. Tief unten schimmerte das Wasser des Pools, der sehr groß war und auch ins Freie hineinführte, sich dort verzweigte und mit einer herrlichen tropischen Landschaft umgab.

Es war alles perfekt auf Adventure Island, und dafür zahlten die Gäste auch ihren Preis. Wer hier Urlaub machte, der mußte tief in den Geldbeutel greifen, aber das machte den Gästen nichts aus, denn sie wußten, worauf sie sich eingelassen hatten.

Todd Blaine ging so weit vor wie möglich. Er blickte nach unten auf den Beginn der Rutsche. Das Gleitwasser floß dort immer. Auch in der Nacht wurde es nicht abgestellt. Durch eine Pumpe wurde es immer in Bewegung gehalten. Es durchfloß ein System von Rohrleitungen und plätscherte auf die himmelblaue Rutsche.

Der Pool schimmerte ihm entgegen. Nur schwache Lichtreflexe tanzten auf seiner Oberfläche. Sie sahen aus, als hätten die Sterne den Himmel verlassen, um sich einmal auf der Erde umzuschauen, was die Menschen hier wohl so taten.

Todd strich noch einmal seine kurzgeschnittenen Haare zurück. Bäuchlings wollte er die Rutsche nicht hinuntergleiten. Er hatte sich für eine Rückenlage entschieden.

Es war noch immer warm, obwohl die Sonne nicht schien. Und es war still. Um diese Morgenstunde schliefen die Gäste, und auch die ersten Mitarbeiter der Frühschicht lagen noch in den Betten.

Es war alles okay.

Alles wie immer.

Trotzdem zögerte Todd. Er kannte den Grund selbst nicht. Es war mehr ein Gefühl, das ihn davor warnte, jetzt schon die Rutsche hinab nach unten zu gleiten. Seine Hände waren feucht geworden, und er wunderte sich selbst über die Unruhe, die er eigentlich nicht an sich kannte. Als böses Vorzeichen wollte er es nicht gelten lassen, obwohl es Menschen auf den Bahamas gab, die noch stark in einem alten Aberglauben verwurzelt waren.

Egal – ihn interessierte der Voodoo-Kram nicht. Er stand mit beiden Beinen im Leben, und so würde er auch dann mit beiden Beinen im Pool unten landen.

Todd Blaine setzte sich schwungvoll hin. Die Beine hielt er ausgestreckt. Er rutschte noch ein Stück vor, um die abwärts führende, nasse und glatte Fläche zu erreichen. Das warme Fließwasser umspielte seine Beine und wenig später den Körper.

Der Animateur rutschte los.

Es war ein so herrliches Gefühl. Wie in diesen verrückten Looping-Bahnen auf den Jahrmärkten. Natürlich nicht so schnell und wild, aber trotzdem vergleichbar, denn auch hier konnte er aus eigener Kraft nicht mehr stoppen. Er mußte schon dem Verlauf der Rutschbahn und somit auch dem des Wassers folgen.

Es ging abwärts.

Schnell, sehr schnell sogar. Hinein, hinunter. Immer weiter. Keine Gerade, sondern eine Schlange aus Kurven und Kehren, damit die Geschwindigkeit nicht zu groß wurde.

Die Kurven waren gut ausgebaut. Noch nie war ein Gast über sie hinweggetragen worden. Die dünne Wasserschicht floß um ihn herum, und sie war glatt wie Eis geworden.

Auch wenn er es gewollt hätte, es wäre ihm nicht möglich gewesen, diese Fahrt zu stoppen. Wiederkam ihm der Vergleich mit der Hölle in den Sinn, den einmal der Gast ihm zu erklären versucht hatte. Diesmal stimmte er irgendwie. Unten lauerte der Teufel, um den Rutsche in Empfang zu nehmen. Er lachte. Er freute sich. Er hatte seinen Spaß.

Es ging weiter.

Wieder eine Kurve. Dann die nächste. Mal nach rechts, dann nach links. Mal an den Rand hochgeschoben, auf dem Wasser gleitend, rutschend. Von einer Seite zur anderen wirbelnd, aber alles genießen könnend. Es war wunderbar für ihn. Die dünne Wasserschicht trug ihn fort. Sie schleifte und transportierte ihn weiter. Manchmal schob das Wasser auch von vorn an ihm hoch, weil es durch seine gestreckten Füße gebremst wurde. Die Spritzer erwischten sein

Gesicht wie Regen, und Todd Blaine gab sich dem völligen Genuß hin.

Er schloß die Augen. Er wollte sich durch nichts ablenken lassen, und er war so froh, endlich mal allein sein zu können. Keine Gäste, kein ewiges Lachen. Keine gute Laune künstlich heraushängen zu lassen. Alles war einfach super. Jetzt gehörte ihm die gesamte Welt, und er genoß dieses wahnsinnige Gefühl, immer rutschen zu können und sich anderen Kräften zu überlassen.

Er kannte die Bahn genau. Deshalb wußte Todd auch, wann er die Augen wieder öffnen mußte.

Auch jetzt war sein Timing super. Genau fünf Sekunden vor dem Eintauchen in den Pool öffnete er die Augen und sah ein anderes Bild. Von oben her war ihm die Anlage relativ klein vorgekommen. Das war nun vorbei. Er glitt hinein in diese andere Wasserwelt, aber er sah sie noch für eine kurze Zeitspanne vor sich.

Der dunkle Pool mit der nur leicht schimmernden Oberfläche. Die Laternen im Park, die silbriges Licht auf die Wedel der Palmen warfen und sie wertvoll aussehen ließen. Die Büsche, die Bars in den verschiedenen Pools, und er sah vor sich das große Becken, das ihm wie eine gewaltige Krake vorkam, der ihn umfangen wollte.

Das Eintauchen war wie immer herrlich. In diesen Augenblicken fühlte sich der Mann wie ein langgestreckter, übergroßer Korken, der durch nichts mehr zu halten war.

Im schrägen Winkel glitt er in das warme und wunderbar klare Wasser hinein. Es war immer ein Erlebnis für sich. Auch wenn Todd es schon oft hinter sich hatte, er genoß es trotzdem. Wie mehrere Wände zugleich schlug das Wasser über ihm zusammen. Der eigene Schwung stieß ihn in die Tiefe und somit dem Grund des Pools entgegen.

Es war einfach herrlich.

Das Wasser umschmeichelte ihn. Er liebte es. Er schwamm noch nicht. Er hielt nur die Luft an und glitt weiterhin dem Grund entgegen. Allerdings hatte er sich auf dem Weg nach unten gedreht, so hielt er die Arme jetzt vorgestreckt, als er durch das kristallklare Wasser tauchte, bevor seine Hände dann über den glatten Grund glitten.

Todd tastete über den Boden hinweg. Er bewegte die Beine wie ein Frosch und kämpfte sich so weiter. Die Tiefe des Pools war jetzt seine Welt geworden. Die Augen hielt er nicht geschlossen. Er sah nicht viel. Mehr Dunkelheit als Licht. Die Helligkeit um ihn herum war nur schwach, und sie bestand aus wandernden Reflexen, um die er sich nicht weiter kümmerte.

Er schwamm.

Zügige Bewegungen brachten ihn voran. Mit seinen Händen teilte er das Wasser und spürte auch den Druck der Fluten über sich. Seine Haare waren in die Höhe gewühlt worden. Es machte ihm Spaß, unten zu bleiben und über den Grund zu kriechen wie ein Reptil, was aufgrund des Auftriebs gar nicht so leicht war.

Vor dem Eintauchen hatte er genügend Luft geholt, um sich auch länger unter Wasser halten zu können. Diese Zeit wollte er genießen und kam sich vor wie ein Fisch.

Er liebte Fische.

Besonders Haie. Er bewunderte sie nicht wegen ihrer Größer, das vielleicht an zweiter Stelle, nein, für ihn war wichtig, sich so wunderbar geschmeidig wie ein Hai bewegen zu können. Ein Fisch wie er fand immer seinen Weg. Er drehte sich durch das Wasser, er tanzte elegant mit den Strömungen, und das eben fand der Mann so faszinierend.

Etwas zupfte an seinem rechten Fuß!

Todd Blaine glaubte an eine Täuschung. Oder daran, daß er mit der Hacke über den Grund geschleift war.

Nein, das konnte es nicht sein. Die Berührung war schon anders gewesen. Er glaubte sogar, eine Hand gespürt zu haben, die kurz seinen Knöchel hatte umfassen wollen.

Er zog die Beine an.

Nein, nur das linke. Plötzlich steckte das rechte fest. Und diesmal war die Klammer vorhanden. So sehr er auch zerrte, er kam nicht los, und die erste Welle der Panik jagte in ihm hoch. Sie hätte beinahe dazu geführt, daß er seinen Mund öffnete.

Er drehte sich trotz der schlechten Lage. Dabei schwebte er dicht über dem Grund.

Es leuchteten leider keine Unterwasserlampen, so hatte er Mühe zu erkennen, was mit ihm passiert war. Ab dieser Sekunde lief die Zeit für ihn langsamer ab, weil er einfach nicht glauben wollte, was mit ihm passiert war. Das widersprach allen Regeln. Das konnte und durfte es einfach nicht geben. Auch wenn die Sicht nicht optimal war, wußte Blaine, was ihm widerfahren war.

Aus dem Boden war eine braune und leicht zerfetzte Kralle hervorgestoßen und hielt seinen rechten Fußknöchel eisern fest ...

Das Erfassen dieser Tatsache ließ eine zweite Welle der Angst in ihm hochschießen. Er zuckte zurück und legte sich dabei auf den Rücken. Mit offenen Augen schaute er nach oben und sah über sich die Oberfläche wie einen sich leicht bewegenden und mit Lichtschimmern bedeckten, doch unerreichbaren wogenden Himmel.

Die Kralle ließ ihn nicht los.

Sie hatte Kraft.

Sie zog ihn näher zu sich heran, obwohl er sich mit hektischen Schwimmbewegungen dagegen wehrte. Er wollte nicht zu einem Opfer des Pools werden und hier elendig ertrinken.

Todd Blaine krümmte den Körper. Er war Realist, und er war kein Fisch. Sein Luftvorrat reichte nicht ewig. In kurzer Zeit würde er Atem holen müssen, das stand fest.

Nicht nur den Oberkörper beugte er vor, auch die Arme streckte er aus und senkte sie nach unten. Wenn er hier noch lebend wegkommen wollte, gab es für ihn nur eine Möglichkeit.

Es mußte ihm gelingen, die Kralle von seinem Knöchel zu lösen.

Er konnte sie packen. Seine eigenen Hände drehten sich um das Gelenk. Unter der Haut spürte er die des anderen. Es waren nur noch glitschige Fetzen.

Plötzlich brach vor ihm der Boden des Pools auf. Schmutz vernebelte seine Sicht, doch im Hintergrund dieser Wolke zeichnete sich etwas Grauenvolles ab.

Eine monströse Gestalt mit fast blankem Skelettschädel. Das Wasser spielte mit den Fleischfetzen, die noch an den Knochen hingen und ließen sie auf und ab wehen.

Eine zweite Hand erschien.

Die Klaue war gespreizt. Einen Moment später hatte sie ihn erreicht und drückte sich in sein Gesicht. Harte und spitze Knochen rissen ihm die Haut auf.

Daß er noch immer die Lippen geschlossen hielt, kam ihm wie ein Wunder vor. Eine übermenschliche

Anstrengung hatte dafür gesorgt. Doch sie blieb nicht ewig.

Die Kralle fuhr über seine Lippen hinweg, die aufgerissen wurden wie Papier.

Jetzt blieb auch der Mund nicht mehr geschlossen. Mit starkem Druck drängte sich das Wasser hinein. Er konnte keine Luft mehr holen. Es gab auch keine Chance, sich zu befreien.

Kein anderer Mensch bekam von seinem Todeskampf etwas mit. Keiner sah, wie er verzweifelt die Arme bewegte. Einer, der Hilfe und Halt suchte, aber beide nicht fand.

Seine Bewegungen wurden schwächer und schwächer, und das nutzte die Gestalt aus.

Endlich hatte sie ihn so, wie sie ihn haben wollte. Sie packte hart zu und drehte ihn herum.

Mit dem Kopf nach unten bohrte das Wesen die leblose Gestalt des Mannes in das Loch des Pools hinein ...

Sommer – Sonne – Mittagspause!

So ließ sich das Leben genießen, und wir hatten uns vorgenommen, es ausgiebig zu tun.

Wir – das waren Glenda Perkins, Suko und ich. In der Mittagspause hatten wir Büro Büro sein lassen und waren zu unserem Stammitaliener an der Ecke gegangen, bei dem Glenda vorsichtshalber einen Tisch hatte reservieren lassen. Vier Personen fanden daran Platz, so war noch ein Stuhl frei.

Auf dem Gehsteig standen die Tische zwar nicht – ich wollte nicht unbedingt die Würze der Autogase schmecken, wenn ich meinen Salat aß –, aber wir hatten einen Tisch direkt am Fenster bekommen, so daß wir den Luftzug schon spürten.

Es war ein herrlicher Sonnentag Ende Juli, und es war vor allen Dingen nicht schweißtreibend schwül. Das Wetter gefiel mir auch, denn in der Nacht sackten die Temperaturen dann ab.

»Hier kann man es aushalten«, sagte ich und streckte die Beine aus.

Glenda, die ein weißes luftiges Sommerkleid trug, schob ihre Sonnenbrille höher. »Wie im Urlaub.«

»Dann laß uns hier sitzenbleiben«, schlug ich vor.

»Toll. Und wer geht ins Büro?«

»Suko.«

»Ach. Warum ich?«

Ich zuckte mit den Schultern. »Einer muß die Stellung ja halten. Ich kann dich dann in vier Stunden abholen.«

»Damit ich dich angeschlagen nach Hause schaffe, wie?«

»Das bin ich dir doch wohl wert.«

»Heute nicht.«

»Und warum nicht?«

Er grinste verschwörerisch. Ich schaute dabei zu Glenda, die sein Grinsen nicht erwiderte und ihn so ähnlich anschaute wie ich. Suko wußte mehr, und damit rückte er auch scheibenweise hinaus.

»Es ist gut, daß wir noch einen vierten Stuhl hier am Tisch stehen haben.«

»Kommt noch jemand?« fragte Glenda.

»Ja.«

»Wer denn?«

Bevor sie einige Namen aufzählen konnte, gab Suko schon die Antwort. »Sir James hat sich angemeldet.«

»Ach.« Glenda sah mich an. »Hast du das gewußt?«

»Nein, ich schwöre.«

Sie wiegte trotzdem den Kopf und wollte wissen, wann wir denn mit dem Besuch rechnen konnten.

»Keine Ahnung. Er hat es mir nur gesagt. Er wollte noch einige Telefonate führen.« Suko hob die Karte an. »Tja, Freunde, so ist das nun mal. Guten Appetit.«

Das Essen war noch nicht bestellt worden und stand deshalb auch nicht auf dem Tisch, doch die Getränke waren bereits serviert worden. Wir hatten eine mittelgroße Karaffe mit Weißwein bestellt und zwei große Flaschen Wasser. So konnten wir abwechselnd Wein und Wasser trinken.

Das Restaurant war fast voll. Der Besitzer stand hinter der Theke, dirigierte seine Mitarbeiter oder begrüßte die Gäste, die er zumeist kannte.

Ich brauchte nicht lange in die Karte zu schauen und hatte mich schnell für einen Vorspeisenteller entschieden. Eine Mischung aus Fisch, Fleisch, Käse und leichten Gemüsen. Nicht zuviel und auch nicht zuwenig.

Neben mir ließ Glenda die Karte sinken. »Was ißt du denn heute?« fragte ich.

»Rate mal.«

»Salat.«

»Genau. Aber den mit den gebratenen Putenstreifen und dem Knoblauchöl als Dressing.«

Ich rollte mit den Augen. »Ahhh ... du schläfst heute nacht allein.«

»Weiß man's? Nicht jeder stellt sich so an wie du, John.«

»Was du nicht alles weißt.«

»Dafür kenne ich dich lange genug.«

Auch Suko hatte gewählt. Nudeln mit Lachs und einer hellen Knoblauchsoße.

»Dann bin ich ja eingekeilt«, beschwerte ich mich.

»Wie war das mit dem ins Büro gehen?« erkundigte er sich.

»So schlimm ist es auch nicht«, wehrte ich ab.

Bei Pasquale, dem Ober mit der guten Laune und der weniger guten Singstimme, gaben wir die Bestellung auf. »Sehr gut gewählt«, erklärte er uns. »Wirklich ausgezeichnet.«

»Danke.«

Singend ging er davon, und so konnten wir uns zuprosten. Glenda und ich mit Wein, Suko mit Wasser.

Seine Bemerkung über unseren vierten Gast hatte mich schon etwas irritiert. »Hat Sir James denn nicht gesagt, was er genau von uns will? Oder willst du nichts sagen?«

»Er hat mich nicht eingeweiht.«

»Das ist blöd.«

»Der will sicherlich nur essen«, sagte Glenda.

»Nein, nicht Sir James. Wie ich ihn kenne, hat er immer etwas in der Hinterhand.«

»Wobei es sich dann nur um einen neuen Job handeln kann«, meinte Suko.

»Hätte er uns das nicht im Yard erklären können?«

Er winkte ab. »Mich darfst du nicht fragen. Ich wasche meine Hände in Unschuld.«

»Warten wir es ab.«

Wir bekamen Brot, Butter und kleine Gemüsehappen auf den Tisch gestellt, die wir in eine Soße tunken konnten. Alles war wie immer. Leicht, locker, fröhlich, und vielleicht hatte Sir James tatsächlich nur Hunger und wollte bei diesem Wetter fast im Freien essen.

Der Besitzer kam auch. Er freute sich, daß wir ihm mal wieder die Ehre gaben, und er konnte dabei seinen Blick nicht von der attraktiven Glenda losreißen.

Unser Thema war das Wetter, und der Besitzer war der Meinung, daß Italien an die Themse geholt worden war.

»Wollten Sie dort nicht Urlaub machen?« fragte Glenda.

»Ja, ich schon. Aber meine Frau nicht. Ihr ist es zu heiß. Sie wissen, daß ich aus dem Süden komme, und dort ist es leider am heißesten. Deshalb muß ich gehorchen.«

»Wo fahren Sie denn hin?«

»Ach, nach Portugal.«

»Da ist es doch auch toll. Die Küste, Algarve und so . . .«

»Ja, schon, aber es ist nicht Italien.«

»Wollen Sie Golf spielen?«

»Nur Minigolf. Das andere ist nichts für mich.«

»Wo er recht hat, da hat er recht«, sagte ich, denn auch ich bin kein großer Golffreund. Da ist mir ein anständiges Fußballmatch lieber.

Er hob Schultern und Arme zugleich. »Aber so ist das, wenn man eine Frau hat. Wir Männer müssen gehorchen.«

»Und ihr fahrt dabei nicht schlecht«, fügte Glenda hinzu, wobei sie mich anschaute.

»Ich kann dazu nichts sagen, denn ich bin frei.«

Warum Glenda lachte, wußte ich auch nicht. Es war so. Ich fragte sie auch nicht danach, denn unser Essen wurde serviert. Alles sah sehr appetitlich aus, und Glenda schielte bereits auf meinen Vorspeisenteller, auf dem es ihr besonders die eingelegten Perlzwiebeln angetan hatten. »Darf ich mal eine?«

»Auch zwei, aber danach ist Schluß.«

»Geizhals!«

Mit der Gabel balancierte sie zwei Zwiebeln von meinem auf ihren Teller, um sie danach mit großem Genuß zu verspeisen. »Sehr lecker, wirklich.«

Sir James hatte uns bisher noch nicht die Ehre seines Besuchs gegeben, und ich hoffte, daß dies auch noch bis nach dem Essen so bleiben würde.

Leider erfüllte sich die Hoffnung nicht. Wir hatten

unsere Teller noch nicht zur Hälfte geleert, da fiel ein Schatten über unseren Tisch, der freie Stuhl wurde zurückgeschoben, damit sich der neue Gast setzen konnte, und wir hörten seine Stimme.

»Guten Appetit allerseits«, sagte er und nickte lächelnd in die Runde. »Ich sehe, es schmeckt Ihnen.«

»Und wie!« meinte Glenda. »Möchten Sie auch etwas bestellen?«

»Nein, im Augenblick nicht. Ich habe Durst.«

»Wasser steht bereit. Und ein leeres Glas ist auch noch vorhanden.«

Sir James schenkte Wasser ein. Er war wie immer korrekt gekleidet und trug auch jetzt einen Anzug. Allerdings aus einem leichteren Sommerstoff, aber das Grau war geblieben.

Auch als ich ihn fragend anschaute, sprach er kein Wort. Er ließ uns tatsächlich in Ruhe und bestellte nur noch eine neue Flasche Mineralwasser.

Dann überraschte er uns mit der Bemerkung, daß er die Rechnung übernehmen würde.

Dabei zuckte ich leicht zusammen. Das war ich nicht gewohnt. Wenn er so kam, dann steckte noch mehr dahinter. Da hatte er uns nicht zum Spaß besucht.

Ich sah auch Sukos leicht besorgten Blick, und nur Glenda widmete sich unbefangen ihrem Salat. Sie war eben eine gute Schauspielerin oder wollte sich nicht den Appetit verderben lassen.

Mein erstes Glas hatte ich leergetrunken und schenkte mir aus der Karaffe nach. Sir James reagierte nicht. Kein strafender Blick, kein Heben der Augenbrauen. Er lächelte mir sogar noch zu. Das wiederum fand ich mehr als ungewöhnlich, denn dieser nächste Schluck Wein schmeckte mir nicht mehr so gut wie zuvor.

Den Teller aß ich trotzdem leer. Wobei ich den letzten Rest der leckeren Thunfischsoße, mit der die beiden dünnen Scheiben Kalbfleisch bedeckt gewesen waren, mit Brot aufsaugte.

»War es gut?« fragte Sir James.

»Ausgezeichnet«, meldete sich Suko.

»Das freut mich.« Er lächelte und schaute uns an. Da er keine Sonnenbrille bei sich trug, hatte er sich in den Schatten gesetzt. So konnte er uns betrachten.

»Keinen Grappa, John?«

»Noch nicht.«

»Gelöst sehen Sie mir nicht aus«, plauderte Sir James. »Dabei sind die Bedingungen doch ideal.« Er deutete nach draußen. »Sonnenschein, gut gelaunte Menschen, und Sie brauchen nicht in einer muffigen Kantine zu sitzen.«

»Stimmt alles«, sagte ich.

»Oder liegt es an meiner Anwesenheit, daß Sie alle so gespannt am Tisch sitzen?«

»Wir wundern uns, daß Sie die Rechnung übernehmen. Das ist uns einfach neu.«

»Sie kennen mich eben nicht.«

»Doch, Sir, gerade weil wir Sie kennen.«

»Nein, nein, das ist alles anders.« Er war einfach ein zu schlechter Schauspieler, als daß wir ihm hätten glauben können. Das dicke Ende würde nachkommen, ganz bestimmt sogar. »Ich bin eigentlich zu Ihnen gestoßen, weil ich Ihnen die gute Nachricht in einer dazu passenden Umgebung übermitteln wollte.«

Besonders Suko und ich schauten uns an. »Gute Nachricht?« fragte ich leise. »Sir, wir haben uns doch nicht verhört – oder?«

»Nein, warum?«

»Bisher waren Ihre Nachrichten, bei allem Respekt,

nicht ungeteilt gut. Hin und wieder mal positiv, aber ...«

»Heute ist es anders.«

»Da sind wir gespannt.«

Sir James beugte sich ein wenig vor, weil er vermeiden wollte, daß Fremde zuhörten. Zumindest hatte ich den Eindruck. Mit seinem nächsten Satz ließ er die Bombe platzen. »Ich möchte, daß Sie, Glenda, zusammen mit John in Urlaub fahren ...«

Jetzt brauchte ich wirklich einen Grappa!

Keiner von uns bewegte sich, denn die Worte unseres Chefs hatten eingeschlagen wie eine Bombe. Wir schauten ihn an wie Personen, die darauf warteten, daß er seine Worte wiederholte, doch das tat er nicht. Er blieb sitzen und wartete unsere Reaktion ab.

Ich bestellte bei einem vorbeigehenden Kellner einen Grappa, was er mit einem Nicken quittierte. Er kam schnell zurück und fand einen Tisch mit schweigenden Gästen vor, als er den Grappa servierte. Selbst Glenda hatte es die Sprache verschlagen. Daß sie und ich offiziell in Urlaub geschickt werden sollten, wollte uns nicht in den Sinn. Dahintersteckte mehr als nur ein Urlaub.

Ich hob das Glas an und schaute auf den Grappa. »Worauf soll ich denn jetzt trinken?«

»Auf Ihren Urlaub«, sagte Sir James. »Er hat schon in dieser Minute begonnen. Cheers.«

Nein, ein Witzbold war der Superintendent nie gewesen, und ich glaubte auch nicht daran, daß er sich in den letzten Stunden geändert hatte. Dennoch wollte das nicht in meinen Kopf, und so fragte ich: »Oder haben Sie Urlaub mit Suspendierung verwechselt, Sir?«

»Nein, Sie haben schon richtig gehört.«

»Dann trinke ich auf den Urlaub.«

»Bitte.«

Der Grappa war gut, nicht zu scharf mit einem recht sanften Abgang.

»Steht das Ziel schon fest?« fragte Glenda, die ihre Sprache wieder zurückgefunden hatte und natürlich auch ahnte, daß hinter allem ein Plan stecken mußte.

»Ja, das ist die Bedingung.«

»Und wo wollen Sie uns hinschicken, Sir?«

»Auf die Bahamas.«

Ich pfiff durch die Zähne. »Die Bahamas sind ein verdammt teures Pflaster.«

»Weiß ich, John. Da brauchen Sie und Glenda keine Sorgen zu haben. Es wird alles bezahlt.«

Ich fragte sofort: »Was steckt wirklich dahinter?«

»Sie werden in einem wunderschönen Hotel wohnen. Sie werden Ausflüge machen können. Es gibt dort sogar Inseln, die durch Brücken miteinander verbunden sind. Auf einer der zahlreichen Inseln steht auch Ihr Hotel. Die Insel heißt Adventure Island.«

»Ein Abenteuerurlaub«, sagte Glenda. »Mit Trip durch den Dschungel. Übernachten dort, wo auch die Schlangen schlafen. Gegen Mücken kämpfen, sich mit der Machete durch den Regenwald schlagen, falls der noch vorhanden ist und nicht irgendwelchen Golfplätzen hat weichen müssen ...«

»Das wird es wohl nicht sein. Der Name ›Adventure‹ bezieht sich wohl eher auf den Luxus, den das Hotel bietet, und auch auf gewisse Ausflüge, die angeboten werden. Unter Wasser spazieren gehen. Mit der Welt der Fische in Kontakt kommen. Sie können sich Drachen leihen und fliegen, aber auch Wassersegeln, wonach es Ihnen begehrt.«

»Hört sich ja toll an«, sagte Glenda zu mir. »So etwas hat mir immer gefehlt.«

»Und wo liegt der Haken?«fragte ich.

Sir James ließ sich Zeit und trank zunächst einen Schluck Wasser. »Ich weiß nicht, ob es ein Haken ist. Aber es könnte sein, daß Sie dort etwas zu tun bekommen.. Allerdings sollen Sie nicht so offiziell ermitteln, sondern sich mehr wie Feriengäste fühlen. Es hat einige Probleme gegeben, auf die mich ein hoher Regierungsbeamter ansprach, der dort ebenfalls Urlaub machte.«

»Wie sehen die Probleme aus?« fragte ich.

»Es gab Tote.«

Plötzlich bekamen die Bahamas einen Schatten. Diese herrliche Inselwelt schien doch nicht so zu sein, wie man sie sich immer vorstellte.

»Tote?« wiederholte ich.

»Ja.«

»Wie viele?«

»Zwei.« Sir James räusperte sich. Den ersten Toten fand man an dem Segelmast eines Bootes hängend, das im Hafen lag. Der zweite Tote wurde in einem Pool gefunden. Nicht auf dem Wasser schwimmend. Er steckte mit dem Kopf in den zuvor aufgebrochenen Fliesen auf dem Grund des Pools. Er muß einen schrecklichen Tod erlitten haben.«

»Das kann ich mir vorstellen, Sir. Nur verstehe ich nicht, warum gerade wir dort nachforschen sollen. Es sind normale Morde. Sie haben nichts mit Geistern zu tun oder Dämonen, was weiß ich . . .«

»Nicht direkt, John.«

»Sondern?«

»Der Kollege aus dem Innenministerium, der dort Urlaub machte, hat sich dann als hoher Polizeibeamter zu erkennen gegeben und mit dem Direktor gesprochen. Dieser Mann hat ihm in einem sehr langen Gespräch die Augen geöffnet. Er hat ihm auch die Drohbriefe gezeigt, die bei ihm eingetroffen sind.«

»Erpressung?«

»Man kann nicht genau sagen, ob es darauf hinausläuft. Es ist auch keine Warnung mehr. Man hat einfach Bedingungen gestellt und verlangt, daß das Hotel aufgegeben wird.«

»Warum?«

Sir James zuckte mit den Schultern. »Das kann ich Ihnen leider nicht sagen. Aber unterschrieben war diese Drohung ebenfalls. Diese Gruppe nennt sich die Voodoo-Wächter.«

Da hatten wir die Verbindung, und sie lag auch auf der Hand, denn in der Karibik ist der Voodoo-Glaube und damit auch der Voodoo-Zauber weit verbreitet.

»Das also ist der Hintergrund«, sagte ich.

»Ja, und die beiden Toten weisen darauf hin, daß man ihn durchaus ernst nehmen muß. Vielleicht hat es inzwischen schon einen dritten Toten gegeben. Ich weiß es nicht.«

»Welche Meinung vertritt die Polizei vor Ort?« fragte ich.

»Keine gute.«

»Angst?«

»Auch, John. Sie wissen selbst, wie verbreitet der Voodoo-Glaube dort ist. Es gibt zwar einen britischen Polizeichef, doch seine Mitarbeiter sind Einheimische. Irgendwie hat es sich auch herumgesprochen, daß Voodoo-Kräfte am Werk sind, und somit steht unser Kollege dort auf verlorenem Posten. Er ist übrigens eingeweiht, daß er Hilfe vom Mutterland her bekommt.«

»Wie tröstlich für ihn«, sagte ich.

Jetzt mischte sich Suko ein. »Wäre es nicht besser,

wenn ich an Glendas Stelle mitfliegen würde? Mit Voodoo ist nicht zu spaßen. Außerdem hat es schon zwei Tote gegeben ...«

Sir James unterbrach ihn. Er hatte auch Glendas leicht enttäuschtes Gesicht gesehen. »Im Prinzip haben Sie recht, aber wen immer wir dorthin schicken, er soll sich unter die Gäste des Hotels mischen und sich so unauffällig wie möglich bewegen. Was nicht heißt, daß Sie unbedingt hier in London bleiben sollen. Wenn Sie wollen, können Sie John Rückendeckung geben, aber nicht im selben Hotel wohnen. Es soll eben nichts auffallen. Das stammt nicht von mir, sondern von dem Kollegen aus dem Ministerium, der dort seinen Urlaub verbrachte.«

Suko winkte ab. »Da werde ich dann wohl auf das Paradies verzichten.«

»Scheint mir so besser zu sein. Was sagen Sie, John?«

Mir hatte das Gespräch der letzten beiden Minuten überhaupt nicht gefallen. »Ich würde dem Sesselfurzer da oben gar nichts sagen, Sir. Was er nicht weiß, macht ihn nicht heiß.«

Sir James zog ein bedenkliches Gesicht. »Ein wenig illegal ist das schon.«

»Na und?«

»Deshalb habe ich Ihnen auch nicht den Vorschlag gemacht. Aber Sie haben recht.«

Als ich sein breites Lächeln sah, wußte ich, daß Sir James einverstanden war.

Glenda Perkins dachte praktisch und fragte: »Wann werden wir starten?«

»So rasch wie möglich.«

»Heute?«

»Nein, morgen früh. Wenn Sie dort sind, haben Sie fast einen ganzen Tag gewonnen.«

Glenda klatschte in die Hände. »Dann auf zu den Bahamas!« rief sie. Ihre Augen strahlten.

Meine weniger. Ich dachte mehr an die Voodoo-Wächter. Wozu sie fähig waren, hatten sie bewiesen. Voodoo war eine gefährliche Magie. So zumindest lauteten unsere Erfahrungen. Letztendlich gipfelte sie darin, lebende Leichen zu erzeugen ...

Zauber der Karibik!

Viele Autoren hatten darüber geschrieben. Zahlreiche Sänger hatten diesen Zauber auch besungen, und wir erlebten ihn beim Anflug auf den Flughafen von Nassau, der Hauptstadt der Bahamas.

Glenda Perkins, die am Fenster der Maschine saß, konnte sich nicht sattsehen. Sie schwärmte von dem Licht, vom Wasser und der mit Wärme gefüllten Luft.

»Denk daran, weshalb du wirklich hier bist«, sagte ich nur.

»Ach, das erledigst du, John.« Sie hauchte mir einen Kuß auf die Wange. »Versprochen?«

»Ich weiß nicht. Kommt darauf an, wie es läuft.«

Adventure Island, die Insel, die für uns interessant war, würden wir mit einem Boot erreichen. Wie ich erfahren hatte, befand sich die Insel in Privatbesitz eines Bankenkonsortiums, das diesen wunderbaren Flecken bebaut hatte und nun vermarktete.

Ob das alles so gut war, wußte ich nicht. Es war auch nicht meine Aufgabe, mir darüber Gedanken zu machen. Zunächst mußte er Clipper landen, und das schaffte der Pilot sehr weich und ruhig, als wollte er die Urlaubsstimmung auf der Insel nicht stören.

Wer hier seine Ferien verbrachte, erlebte wirklich eine fast perfekte Welt.

Doch auch sie hatte Fehler, wie Glenda und ich

wußten. Davon ahnten unsere Mitreisenden natürlich nichts, die sich in bester Stimmung befanden.

Einen gab es, der nicht so locker war. Suko saß drei Reihen hinter uns, und auch nach der Landung taten wir so, als ob wir uns unbekannt waren. Das würden wir auch auf Adventure Island so beibehalten, abgesehen von einigen Treffen, die aber wie rein zufällig aussehen sollten.

Der Flieger war ausgerollt. Die meisten Passagiere konnten es nicht erwarten, die erste Bahama-Luft zu schnuppern.

So blieben Glenda und ich zunächst sitzen, um die Karawane an uns vorbeiziehen zu lassen.

Suko hatte das gleiche getan. Wir trafen im schmalen Mittelgang zusammen, und er grinste. »Guten Flug gehabt, Sir?«

»Sehr gut. Sie auch?«

»Ausgezeichnet. Ich habe wunderbar geschlafen und fühle mich jetzt topfit.«

»Das ist auch wichtig.«

Ein Teil der Besatzung stand bereit und verabschiedete uns mit freundlichen Worten und einem ebenso freundlichen Lächeln.

Glenda und ich wurden erwartet. Der Kollege hieß Warren Cox, das wußten wir, und wir sahen ihn auch sofort. Er war hochaufgeschossen und trug eine Uniform mit kurzen Hosen.

Er kam auf uns zu. »Miß Perkins, Mr. Sinclair, wie schön, Sie hier zu sehen.«

Der etwa knorrig wirkende Kollege konnte richtig charmant sein. Er bedachte Glenda mit einem Lächeln und mich mit einem festen Blick der dunklen Augen. Sie besaßen die gleiche Farbe wie der Oberlippenbart. So wie er aussah, erinnerte er mich an einen Kolonialbeamten der alten britischen Schule. Alles an ihm war korrekt. Von der recht flachen Mütze bis hin zu den blankgeputzten Schuhen.

»Ich denke, daß wir zuvor noch etwas besprechen können, ehe Sie auf die Insel starten – oder?«

»Gern.«

»Was ist mit dem Gepäck?« fragte Glenda.

»Das können Sie natürlich zuvor heraussuchen.«

Am Band trafen wir Suko wieder. Wir taten so, als würden wir uns nicht kennen. Ich flüsterte ihm nur zu, daß wir die Insel später erreichen würden als er, weil wir noch einiges mit Warren Cox zu besprechen hatten.

»Ja, wir sehen uns, John.«

Ein Mitarbeiter nahm uns das Gepäck ab und schleppte es hinter uns her zu einem kleinen klimatisierten Büro, in dem ein Schreibtisch mit PC und zwei Stühlen standen.

Cox deutete auf einen Automaten an der Wand. »Möchten Sie einen Schluck trinken?«

Wir lehnten ab, da wir im Flugzeug genug bekommen hatten.

»Gut«, sagte er, nahm seine Mütze auf und setzte sich hinter den Schreibtisch. Sein Haar war ebenfalls schwarz, perfekt gescheitelt und glänzte wie mit Öl eingerieben. Mit zwei Fingern strich er durch sein knochiges Gesicht, und seine Augen erhielten dabei einen etwas traurigen Glanz.

»Sie wissen, um was es geht?«

»Um zwei Tote«, sagte ich.

»Das ist ein Irrtum – leider. Mittlerweile sind es drei Tote geworden.«

»Oh.«

»Ja, und wieder auf Adventure Island. Die Gäste werden allmählich nervös. Das Paradies ist dabei, zu einer Hölle zu werden, und das will keiner. Dieses

Hotel, in dem Sie wohnen werden, ist wie ein Club aufgemacht, und ich habe schon gesagt, das ist wie Urlaub im Höllenclub.«

»Wer wurde denn umgebracht?« fragte Glenda.

»Diesmal war es auch kein Gast. Ein Angestellter. Ein Koch, der aus Deutschland kam. Man fand ihn in der Küche.« Nach diesem Satz brach dem Kollegen der Schweiß aus, und er tupfte ihn mit einem Tuch aus seinem Gesicht weg. »Es war sehr schlimm. Das ist kein Mensch gewesen, der ihn umbrachte. Man hat ihn regelrecht zerhackt und die Teile in der Küche verteilt. Zum Glück haben die Gäste nichts mitbekommen, aber einige Mitarbeiter weigern sich, das Hotel zu betreten. Ihre Angst ist wahnsinnig groß.«

Glenda, die neben mir saß, war schon leicht blaß geworden, als sie die Worte gehört hatte, und auch jetzt atmete sie scharf durch die Nase und hielt die Lippen zusammengepreßt.

»Man hat uns etwas von Drohbriefen berichtet, die mit ›Voodoo-Wächter‹ unterschrieben sind.«

Cox nickte uns zu. »Das stimmt.«

»Wissen Sie, was sich dahinter verbirgt?«

»Eine Organisation, nehme ich an. Jemand, der will, daß die Insel wieder so wird wie früher.«

»Wie war sie denn damals?«

»Naturbelassen.«

»Ist das alles?«

»Nein. Ich kenne mich nicht besonders hier aus. Zwar lebe ich hier, doch das Wesen der Einheimischen bleibt mir schon verschlossen. Man muß sehr gut seine Ohren offenhalten, um hin und wieder etwas zu hören. Da wurde dann auch über Adventure Island geredet, das in früheren Jahren mehr Dschungel und zugleich ein Hort der dunklen Kräfte war.

»Voodoo-Magie?«

»Ja.«

»Sie wissen nicht, was dort genau gelaufen ist?«

»Nein, wie auch? Aber ich hörte, daß diese Insel so etwas wie eine Kultstätte gewesen sein muß.«

»Genauer, Mr. Cox!«

Er zuckte die Achseln. »Ich muß Sie leider enttäuschen, Mr. Sinclair, doch mit Einzelheiten kann ich Ihnen nicht dienen. Ich bin nicht hier gebürtig und kenne mich nicht so gut aus.«

»Und allgemein?«

»Voodoo, ich denke, das ist allgemein genug. Diese Insel muß etwas mit dem Zauber zu tun gehabt haben. Ich meine, Sie beide sehen nicht aus wie Voodoo-Priester, doch ich habe mir von einem Mitglied des Oberhauptes sagen lassen, daß Sie sich auf gewissen Gebieten sehr gut auskennen, die den normalen Menschen verschlossen sind. Und er vergaß auch nicht, über Ihre Erfolge zu sprechen. Das hat mich beeindruckt. Ich kann hier zu keinem Einheimischen Vertrauen haben. Dazu zähle ich auch meine Mitarbeiter. Würde ich das Thema anschneiden, wären sie entsetzt, und sie würden mir von der Fahne gehen. Deshalb habe ich eben gebeten, aus England Hilfe zu bekommen, und diese auch nicht in ein zu offizielles Gewand gekleidet. Wenn Sie beide einchecken, Sir, werden Sie als normales Ehepaar durchgehen.«

»Das hoffen wir«, sagte ich. »Ich möchte noch einmal auf die ersten beiden Toten zurückkommen. Einen fand man an der Rah hängend.«

»Ja, stranguliert, erwürgt, aufgehängt, was immer Sie auch dazu sagen.«

»Der zweite lag im Pool.«

Bisher war Warren Cox ein wenig trocken gewesen, nun aber kam Bewegung in ihn. Er ballte beide Hände zu Fäusten und schaute uns scharf an. »Ja, so ist es gewesen. Der Mann hieß Todd Blaine. Er arbeitete im Hotel als Animateur. In der Nacht ist er dann in den Pool gegangen und ertrunken, obwohl er ein guter Schwimmer war.«

»Hat sein Kopf tatsächlich im Boden gesteckt?« fragte Glenda mit leiser Stimme.

Cox nickte. »Hat er!« flüsterte er.

»Wie war das möglich?«

»Indem der Grund aufbrach. Er ist gefliest, aber diese Fliesen wurden zerstört. Sie sind wirklich aufgebrochen, und sein Kopf steckte in der Lücke. So hat ihn ein Bademeister gefunden. Wir haben den Pool untersucht, aber –«, er hob wieder die Schultern, »– herausgekommen ist dabei nichts.«

»Konnten Sie denn feststellen, wie die Fliesen aufgebrochen wurden?« erkundigte ich mich.

»Wie meinen Sie das, Mr. Sinclair?«

»Ob von unten oder von oben?«

Cox leckte kurz über seine Lippen. »Sie werden es nicht glauben, von unten.«

Ich sagte nichts, machte mir jedoch meine Gedanken. Dabei hörte ich die Stimme des Kollegen wie aus weiter Ferne. »An ein sehr lokales Erdbeben darf man dabei nicht denken.«

»Auf den Gedanken bin ich auch nie gekommen, Mr. Cox.«

»Auf welchen dann?«

»Ich weiß es noch nicht.«

Warren Cox schaute mich etwas betrübt an. Wahrscheinlich hatte er damit gerechnet, von mir die perfekte Lösung zu bekommen, doch was ich dachte, behielt ich für mich.

Dann sagte er: »Der Bademeister hatte schon eine eigene Meinung darüber.«

»Und welche?«

Er zog die Nase hoch. »Das ist schwer zu sagen, Mr. Sinclair. Er sprach von einem unheiligen Zauber tief in der Inselerde. Auch unter dem Pool und dem Hotel.«

»Was sagte er noch?«

»Nichts mehr.«

»Haben Sie nicht weiter gefragt?«

Cox lachte bitter. »Und ob ich das getan habe. Wozu bin ich denn Polizist. Aber versuchen Sie mal, eine Auster zum Reden zu bringen. So ist es mir ergangen. Der Mann sprach nur davon, es sei am besten, sich von der Insel zurückzuziehen, bevor die Rache alle trifft.«

»Die der Voodoo-Wächter?«

»Ich lasse das mal so stehen«, sagte er.

Ich nickte Glenda zu. »Dann wäre es wohl am besten, wenn wir diese Insel zu schnell wie möglich erreichen.«

»Das finde ich auch, John.«

Bevor ich aufstand, wandte ich mich noch einmal dem Kollegen Cox zu. »Wenn ich mit Ihnen Kontakt aufnehmen muß, finde ich Sie hier oder auf Adventure Island?«

»Bitte, nehmen Sie das nicht als Feigheit hin, aber Sie werden mich hier finden.« Aus der linken Brusttasche seines kurzärmeligen Hemds zupfte er seine Karte. »Dort werden Sie alles Wichtige finden, Mr. Sinclair.«

»Danke sehr.«

Glenda und ich standen auf. Nach draußen konnten wir nicht gehen, weil die Lamellen eines Rollos die Fensterscheibe verdeckten. Unsere Schritte übertönten das leise Geräusch der Klimaanlage, als wir auf die Tür zugingen. Wir mußten ein kleines Vorzimmer durchqueren und konnten erst dann unseren Weg nach draußen finden.

Im Vorzimmer warteten das Gepäck und auch Cox' einheimischer Mitarbeiter.

Er saß auf einem Stuhl und drehte uns den Rücken zu. Auch als wir den Raum betraten, bewegte er sich nicht. Normal wäre es gewesen, wenn er sich umgedreht hätte.

Das passierte nicht. Auch fiel mir eine steife Haltung auf, denn er sah aus, als hätte ihn jemand hart gegen die Lehne des Stuhls gepreßt.

Ich beschleunigte meine Schritte, stand Sekunden später vor ihm und blieb dort abrupt stehen.

Der Mann war tot.

Man hatte ihn eiskalt umgebracht.

In seine Stirn war ein Kreuz aus bleichen Knochen hineingerammt worden ...

Der Anblick raubte mir den Atem. Ich sagte auch nichts, und hörte dann Glendas leisen Ruf und das Stöhnen des Kollegen Cox. Mein Blick blieb auf den Toten gerichtet, wobei mich besonders das Kreuz interessierte, das mir vorkam, als sollte dadurch mein eigenes Kreuz verhöhnt werden.

Es war relativ groß. Seine Maße konnten durchaus mit denen eines Schraubenschlüssels mithalten. Zwei bleiche Knochen waren in der Mitte durch einen Strick zusammengebunden worden. Ein Ende mußte angespitzt worden sein, bevor man es in die Stirn des Bedauernswerten gerammt hatte, denn die anderen Enden waren mit den üblichen Knochenwülsten versehen und hätten das nicht geschafft.

Aus der Wunde war Blut gesickert, zusammen mit einer anderen, leicht gelblichen Flüssigkeit.

Ich drehte mich zu Warren Cox hin. Er stand an der Wand, weil er unbedingt einen Halt brauchte. Sein

Gesicht war blutleer geworden. Der Atem drang stoßweise aus dem offenen Mund. Reden konnte er nicht. Seine Augen zeigten sich schockgeweitet.

Glenda hatte sich weggedreht. Sie wollte den Anblick nicht sehen und schaute dafür auf unser Gepäck. Die beiden weichen Koffer standen dicht beisammen.

Ich konzentrierte mich wieder auf den Boden und bückte mich, um den Ausdruck seines Gesichts sehen zu können. In meiner Lage konnte ich jetzt unter dem Kreuz herschauen. Mir fiel auf, daß der Mann kurz vor seinem Tod einen wahren Horror erlebt haben mußte, denn der Schrecken hatte sich in sein Gesicht eingemeißelt. Woher die beiden dicken Fliegen gekommen waren, wußte ich auch nicht. Jedenfalls waren sie da und umkreisten summend den Kopf des Toten.

Man hatte das Kreuz mit sehr großer Wucht in die Stirn des Mannes hineingeschlagen. Er war auch durch diese Aktion ums Leben gekommen und nicht durch etwas anderes, denn eine Wunde entdeckte ich nicht an seinem Körper. Die Uniform saß sehr korrekt. Das Bild sah aus wie gestellt. Es erinnerte mich an die Figuren aus Stein, die immer mehr in Mode kamen. Man fand sie vor Häusern auf Bänken, oder auch in Gärten stehend.

Ich drehte mich wieder um.

Kollege Cox war noch immer stark betroffen aber er hatte sich jetzt gefangen und konnte wieder sprechen, wenn auch mit recht leiser Stimme. »Sie waren es. Sie müssen es einfach gewesen sein. Die Wächter des Voodoo.«

Ich widersprach nicht und fragte nur: »Können Sie sich vorstellen, wie der oder die Mörder das Zimmer hier betreten haben?«

»Nein!« flüsterte er, »das kann ich nicht. Das kann ich beim besten Willen nicht. Aber man darf sie nicht mit den menschlichen Regeln messen. Wäre das so, hätte ich mich allein um die Fälle kümmern können. Aber jetzt sind Sie da.«

»Sicher.«

»Er hat ein Kreuz genommen, John«, sagte Glenda mit leiser Stimme. »Warum? Hast du dir Gedanken darüber gemacht?«

»Ich will mich nicht unbedingt in den Vordergrund spielen, aber es könnte mit meinem Kreuz zusammenhängen.«

»Und wie kommst du darauf?«

»Jemand weiß genau, daß wir hier sind. Und dieser unbekannte Jemand will uns verhöhnen.«

»Das Symbol.«

»Ja, er spielt damit. Er gibt zu, stärker zu sein, als der Sieg des Guten über das Böse.« Ich wandte mich den realistischeren Dingen zu. »Wer weiß denn, daß meine Assistentin und ich auf die Bahamas gekommen sind?«

Warren Cox zuckte mit den Schultern. »Eigentlich nur ich.«

»Sie haben mit keinem darüber gesprochen?«

»Nein, im Prinzip nicht. Ich habe nur meinen Mitarbeitern gesagt, wo ich zu finden bin, wenn es brennt. Das mußte ich tun. Das ist auch so üblich.«

»Es waren wohl zwei, drei Worte zuviel.«

»Sie sind überall!« flüsterte Cox. »Verdammt noch mal, sie sind auch hier. Nicht nur auf Adventure Island.« Er sprach noch weiter, doch ich hörte nicht mehr hin, so richtete er seine Worte an Glenda, die auch leise Antworten gab.

Ich sah mir die Mordwaffe noch einmal genauer an. Ein Kreuz aus Knochen. Wahrscheinlich aus Menschenknochen, die primitiv zusammengebunden waren.

Doch ich wollte einfach auf Nummer Sicher gehen. Vielleicht war man hier dabei, eine Gegenmagie zu meinem Kreuz aufzubauen, denn möglich war alles.

Ohne daß es von Warren Cox bemerkt wurde, holte ich mein Kreuz hervor. Für einen Moment ließ ich es auf dem Handteller liegen und achtete darauf, ob es sich erwärmte.

Als dies nicht der Fall war, brachte ich es in die Nähe des anderen Kreuzes. Sollte die Mordwaffe unter dem Einfluß einer fremden Magie stehen, würde ich es merken.

Pech.

Nichts geschah.

Beide Kreuze berührten sich. Es gab kein Aufflammen des Lichts, es brach auch nichts zusammen. Dieses fremde Kreuz war ›harmlos‹.

Ich ließ meinen Talisman wieder verschwinden und drehte mich den beiden anderen zu.

Der Kollege Cox war damit beschäftigt, über seine schweißnasse Stirn zu streichen. Er schüttelte dabei den Kopf.

Ich wußte, daß es weitergehen mußte und wir den Toten auch nicht hier lassen konnten.

Warren Cox war erst beim zweiten Satz ansprechbar. »Was denken Sie, wie es weitergehen soll?«

»Ich lasse ihn wegbringen«, sagte Cox.

»Von Vertrauten?«

»Ja.

»Die gibt es?«

»Nein oder ja. Ich weiß nicht, wem ich noch vertrauen kann. Es wird sich herumsprechen, die Angst wird sich steigern. Besonders auch, weil es nicht auf Adventure Island passiert ist, sondern hier in der

Hauptstadt. Sie sind eben überall. Die verfluchten Voodoo-Wärter haben alles im Griff.«

»Können Sie hier keinem Menschen vertrauen?«

»Ich weiß es nicht.«

»Himmel, Sie müssen doch Freunde haben oder zumindest Kollegen, denen Sie . . .«

»Ja, schon. Dr. Mason King.«

»Wer ist das?«

»Ein Arzt, der auch für uns arbeitet. Einer, der die Insel sehr gut kennt.«

»Einheimisch?«

»Inzwischen schon. Seine Mutter ist oder war Kreolin. Sein Vater Engländer.«

»Haben Sie mit ihm über die Fälle gesprochen?«

»Das mußte ich.«

»Dann weiß er auch, daß wir hier sind?«

»Nein, weiß er nicht. Ich habe es ihm nicht gesagt.« Cox winkte ab. »Das ist wohl jetzt egal – oder?«

»Kann man wohl sagen.« Ich ging auf die Tür zum Büro zu. »Sie entschuldigen mich für einen Moment.«

»Bitte.«

Ich wollte in Ruhe telefonieren.

Dazu benutzte ich mein Handy und hoffte, daß Suko seinen Apparat nach der Landung auch angestellt hatte.

Er hatte, und es tat gut, seine Stimme zu hören. »Wo bist du jetzt?« fragte ich.

»Hörst du das Rauschen im Hintergrund? Ich stehe auf einem Boot, das übers Wasser schippert. Wir werden bald auf Adventure Island anlegen.«

»Sehr gut. Checke dich in unserem Hotel ein.«

»He, wieso das denn? Ist die Top Secret-Phase aufgehoben worden, John?«

»So ähnlich.« Ich berichtete, was Glenda und ich erlebt hatten.

Suko nahm es hin, seinem scharfen Atem nach zu urteilen, war er überrascht, und er stellte auch die leise Frage: »Wer spielt hier falsch, verdammt?«

»Das möchte ich auch gern wissen.«

»Du denkst, daß unsere Tarnung geplatzt ist?«

»So gut wie, Suko. Wer immer die Voodoo-Wächter sind, sie haben die besseren Karten. Am liebsten würde ich Glenda nach Hause schicken, aber dagegen wird sie sich wohl wehren.«

»Rechnest du denn damit, daß die andere Seite auch über meine Funktion Bescheid weiß?«

»Kann ich nicht sagen, Suko, aber sei auf der Hut.«

»Okay, das werde ich auch. Sonst noch was?«

»Nein.«

»Dann treffen wir uns auf der Insel.«

»Bis bald.«

Ich kehrte wieder zurück in den Raum mit der Leiche. Warren Cox nickte mir zu. »Ich habe meinen Freund Dr. King Bescheid gesagt. Er wird gleich hier sein. Wollen Sie mit ihm reden?«

»Das weiß ich nicht.« Ich wandte mich an Glenda. »Jedenfalls werden wir noch bleiben.«

Kollege Cox konnte nicht mehr ruhig stehen. Er mußte sich einfach bewegen und schritt auf und ab. Manchmal sprach er leise vor sich hin. Dann wieder hob er den Kopf an und sprach gegen die grauweiße Deckenfläche.

Glenda Perkins zog mich zur Seite. »Du hast mit Suko gesprochen?« fragte sie leise.

»Ja.«

»Was meinte er?«

»War natürlich überrascht. Er wird im gleichen Hotel wohnen wie wir. Das spielt jetzt keine Rolle mehr, da unsere Tarnung schon in diesem Stadium aufgeflogen ist.«

»Dabei habe ich mich so auf die paar Tage gefreut«, sagte Glenda.

Ich zuckte die Achseln. »Mach was dagegen.«

»Nichts, gar nichts.«

Es klopfte an die Tür. Bevor wir etwas sagen konnten, wurde die Tür hart aufgestoßen, und auf der Schwelle stand ein Bär von einem Mann. Groß und breitschultrig, mit einer kaffeebraunen Gesichtshaut, weißem Hemd und dunkler, kurzer Hose. In der rechten Hand hielt der Mann einen prall gefüllten Arztkoffer. Auf seinem Kopf saß eine weiße flache Leinenmütze, die er kurz abnahm und sie danach wieder aufsetzte.

»Das ist Dr. Mason King!« wurde er vorgestellt.

Der Arzt hatte ein rundes Gesicht, eine kleine Knollennase, doch sehr breite und recht schmale Lippen, die von einem Bart umwachsen wurden.

Der Mann schaute uns mit seinen dunklen Augen an. Er hatte einen Blick, dem nur sehr selbstsichere Menschen standhalten konnten. Ich schaute nicht zur Seite und Glenda auch nicht.

Ihr gab er zuerst die Hand. Was heißt Hand, das war schon eine Pranke, aber sie mußte sich weich anfühlen, denn Glenda lächelte und verzog nicht schmerzerfüllt das Gesicht.

Mich begrüßte er härter, und seine Augen zogen sich dabei etwas zusammen. »Freut mich, einen Kollegen aus dem Mutterland kennenzulernen, Mr. Sinclair.«

»Danke, Doc.«

Er war tatsächlich Arzt, obwohl er eher aussah wie der Leibwächter einer der reichen Golfer, die hier ihre Bälle schlugen. Er hätte auch in jeden Bond-Streifen gepaßt.

Wir störten ihn nicht, als er sich den Toten zunächst

anschaute, um ihn danach zu untersuchen. Mit leiser Stimme, die so gar nicht zu seinem Aussehen paßte, gab er einen Kommentar ab. Zuvor hatte mir Cox noch zugeflüstert, daß er King über meine Funktion eingeweiht hatte, was mir jetzt auch nichts mehr ausmachte.

»Er ist tatsächlich durch den Schlag mit dem Kreuz gestorben«, sagte der Doc.

»Haben Sie so etwas schon mal erlebt?« fragte ich ihn.

»Nein, noch nicht.«

»Aber Sie leben schon lange hier?«

»Seit meiner Geburt!«

Das hatte ich nur hören wollen und fragte: »Könnte es sein, daß Ihnen der Name Voodoo-Wächter dann ein Begriff ist?«

Mason King schwieg. Er schaute zunächst Warren Cox an, als müßte der ihm erst eine Erlaubnis für die konkrete Antwort geben. Da Cox schwieg und auch zu Boden blickte, hob der Doc nur die Schultern. »Gehört habe ich davon schon, wie wohl jeder hier auf den Bahamas. Aber ernst nehmen kann ich das nicht. Nein, das ist Unsinn.«

»Darf ich trotzdem fragen, wie Sie dazu stehen?«

Der Doc holte tief Luft. »Ich bin Arzt und kein Medizinmann, auch wenn manche Menschen mich aufgrund meines Aussehens dafürhalten. Und als Arzt muß ich so etwas grundsätzlich von mir weisen.«

»Schön«, sagte ich und fuhr fort. »Ich möchte mich für meine nächsten Worte schon mal entschuldigen, aber ich kenne einige Menschen, die sich als Wissenschaftler bezeichnen und es auch sind, aber die andere Seite des Lebens nicht ignorieren.«

»Dann bin ich eben eine Ausnahme.«

»Ja!« bestätigte ich und lächelte dabei. »Das kann

schon gut sein.« Ich wandte mich wieder Warren Cox zu. Ich hatte hier auf den Bahamas keine großen Befugnisse und mußte mich deshalb an den Kollegen halten. »Wissen Sie bereits, was Sie jetzt unternehmen werden? Ich meine, Sie können den Toten ja nicht hier im Raum sitzen lassen.«

»Das mag wohl sein.«

»Und?«

Er schüttelte den Kopf, als würde ihn die Leiche anwidern.

»Ich werde den Kollegen wegschaffen lassen. Er muß obduziert werden, und ich denke, daß Mason King dabei eine große Rolle spielen wird. Es tut mir leid für Sie, ich hätte Sie gern nach Adventure Island gebracht, aber jetzt muß ich meiner Pflicht nachkommen.«

»Ja, machen Sie das. Wir finden den Weg auch allein.«

»Sie können ein Boot mieten!« schlug der Doc vor. »Oder im Hotel anrufen. Man betreibt einen Shuttle Service und wird Sie bestimmt sehr schnell abholen. Sie brauchen nur zum Hafen zu fahren. Dort ist bekannt, an welchem Pier das Boot ablegt.«

Wir bedankten uns.

Wir brauchten nicht mit einem Taxi zum Hafen zu fahren. Warren Cox trieb einen Mitarbeiter auf, der uns in seinem Jeep fuhr. Er brachte uns bis zum Wagen und blieb dort etwas verlegen stehen. »Es tut mir leid, daß Ihnen das widerfahren ist. Aber ich wußte auch nicht, daß sich die Dinge so verdichten würden. Davon bin ich selbst überrascht worden.«

»Manchmal steckt man eben nicht drin«, sagte Glenda und lächelte ihn strahlend an.

»Danke, daß Sie es so sehen.«

»Sie rufen dann an?« fragte ich.

»Ja. Oder Sie – falls noch etwas passiert, das auch ich wissen müßte.«

»Das machen wir glatt.«

Warren Cox grüßte zum Abschied, schaute zu, als wir in den Wagen stiegen und blickte dem abfahrenden Fahrzeug noch eine Weile nach. Unser Fahrer war dunkelhäutig. Trotz der Hitze wirkte seine Uniform strahlend wie der Himmel über uns, dessen Blau kaum zu beschreiben war, und deren kleine Wolken so weiß waren, wie die Hersteller von Waschmitteln gern ihre Wäsche gehabt hätten.

Ich sprach den guten Mann an. »Kennen Sie die Voodoo-Wächter?« fragte ich wie beiläufig.

Schlingern. Reifen radierten über den Asphalt. Hinter uns hupte jemand, und ich sah ein Verkehrsschild auf uns zukommen, dem der Fahrer allerdings im letzten Augenblick auswich.

Meine Frage hatte ihn erschreckt.

»He, ist was?«

»Sir, darüber spricht man nicht. Nein, nicht hier. Es sei denn, Sie möchten gern sterben ...«

»Das bestimmt nicht«, erwiderte ich leise.

Ehrlich gesagt, die Bahamas gefielen mir immer weniger ...

Wieder trafen wir jemand, der aussah wie aus dem Bilderbuch. Er wartete an der Anlegestelle auf uns, vor dem schnittigen Boot, das die Gäste zur Insel Adventure Island fuhr. Hellweiß gestrichen, schlank und mit einem weißen Segel versehen, das zum Schutz gegen die Sonne gespannt worden war. Es bedeckte einen Teil des Decks. Auf die Oberfläche des Segels war ein schwarzer Vogel mit gewaltigen Krallen gemalt worden.

Unter dem Segel verteilten sich Bänke, auf denen die Passagiere ihre Plätze einnehmen konnten. Es wurden Getränke serviert. Es gab auch Knabbergebäck, und drei Personen hatten bereits Platz genommen. Mit den servierten Kleinigkeiten wurde ihnen die Wartezeit verkürzt.

Der Bilderbuchmann stand auf dem Pier wie ein Wächter. Er trug ein schneeweißes Hemd, eine dunkle, perfekt gebügelte Hose und eine Fliege. Sein Gesicht war dunkel wie Kohle, aber er lächelte uns mit blitzweißen Zähnen entgegen, als wir das Auto verließen. Um unser Gepäck brauchten wir uns nicht zu kümmern. Einer der auf dem Kai herumlaufenden Jungen brachte es an Bord und erhielt für seine Arbeit von mir ein paar Münzen.

Ich nahm mal an, daß der Bilderbuchmann der Kapitän war. Er grüßte, hieß uns an Bord willkommen und erklärte dann, daß wir die letzten Passagiere seien.

»Dann können wir ablegen?«

»Ja, Sir, sobald Ihre Begleiterin und Sie die Plätze eingenommen haben.«

»Danke.«

Wir setzten uns hinter die anderen drei Fahrgäste, die ihre Longdrinks schlürften und uns aus den Augenwinkeln musterten. Sie waren schon älter. Ein Mann und zwei Frauen. Die Damen trugen große breite Hüte und bunte Sommerkleider. So wie sie gekleidet waren, schienen sie von Bord aus direkt auf eine Cocktailparty gehen zu wollen.

Ich hatte meine dünne Jacke angelassen. Sie bestand aus Leinen und war sandfarben. Glenda sah ebenfalls locker aus. Hellblaue Jeans, ein gestreiftes T-Shirt mit dem weißen Aufdruck COOL auf der Brustseite. Unser Gepäck stand in Reichweite, als hätte der Junge genau gewußt, wo wir unsere Plätze einnehmen würden.

Seltsamerweise kehrte er kurz vor dem Start noch einmal zu uns zurück. Er war an Bord gesprungen, blieb dicht vor uns stehen und starrte uns mit seinen großen Augen an. Mit einer Hand deutete er auf die weichen Koffer, die mehr Reisetaschen glichen.

»Nicht gut, nicht gut!« sagte er und schüttelte einige Male den Kopf. »Aufpassen ...«

Ich wollte nachfragen, doch er drehte sich schnell um und war noch schneller verschwunden.

Der Typ mit der Fliege spielte hier tatsächlich den Kapitän. Er startete den Motor, der nicht überlaut zu hören war und mehr ein ruhiges Brummen abgab.

Ich schaute nicht über Bord, als wir durch den Hafen fuhren, sondern blickte Glenda an. »Hast du das gehört?«

Sie nickte. »War schon komisch. Es klang irgendwie nach einer Warnung.«

»Er hat unser Gepäck gemeint.«

»Klar.« Sie warf einen Blick auf die beiden Koffer, die harmlos an Bord standen. »Kann das ein Spinner gewesen sein?«

»Nein. Nachdem, was mit Warren Cox' Kollegen passiert ist, glaube ich daran nicht.«

»Aber was ist an unseren Koffern nicht gut?« fragte sie weiter. »Die Qualität kann er nicht gemeint haben.«

»Keine Ahnung.«

Glenda zog die Nase kraus. »Die Bahamas gefallen mir nicht. Dabei habe ich mich so auf die Insel gefreut.«

»Du bist ja auch nicht hier, um Urlaub zu machen.«

»Sir James sah es anders.«

»Der hat geschauspielert. Hier muß man die Dinge

mit anderen Augen sehen, fürchte ich. Unter der glatten und gelackten Oberfläche brodelt es. Davon bin ich überzeugt.«

Das Boot war in ruhigeres Fahrwasser gelangt. Es schaukelte nicht mehr so stark.

Ein Boy erschien und servierte uns die Longdrinks. Wir nahmen beide ein Glas und saugten die Flüssigkeit durch die bunten Strohhalme in die Münder.

Der Drink war gut. Rum, Limone, Zitrone, Grenadine und aufgeschüttet mit Sekt. Dazu eiskalt, das ließ sich schon trinken und war dafür gedacht, die Menschen in Urlaubsstimmung zu bringen.

»Es ist der Adventure Drink«, wurde uns erklärt. Wir konnten auch noch ein zweites Glas bekommen, doch darauf verzichteten wir. Diese Mixgetränke haben es in sich. Besonders dann, wenn man sie in der Hitze trinkt.

Die ließ sich allerdings recht gut ertragen, denn auf dem Wasser spürten wir den Wind. Von der Seite her blies er unter das Segel, beulte das Dach über uns auf, so daß wir das leise Knattern des Stoffs hörten. Er spielte auch mit meiner Jacke, deren Schöße er zur Seite wehte. Ich mußte achtgeben, daß meine Waffe nicht plötzlich freilag.

Glenda hatte die Augen geschlossen, sich zurückgelehnt und genoß die Fahrt. »Ich möchte über die Vorgänge nicht reden, John. Ich will für ein paar Minuten vergessen, was mit dem Mann geschehen ist. Kannst du das verstehen?«

»Voll und ganz.«

»Wunderbar.«

Ich lächelte vor mich hin. Die Augen schloß ich allerdings nicht.

Meine Blicke gingen auf Wanderschaft, und ich mußte feststellen, daß das Wasser tatsächlich so wunderbar klar aussah, wie es mir schon bei der Landung aufgefallen war.

Die Farbe war nur schwer zu beschreiben. Blau war sie nicht, auch nicht grün. Ich tippte mehr auf türkis, aber es zeigte auch eine schon geschliffene Klarheit. Wo es nicht aufgewühlt wurde, fiel der Blick in die Tiefe, wo Fische ihre Bahnen zogen. Vorbei an herrlichen Korallenbänken, die sich allerdings verloren, je weiter wir aufs Meer hinausfuhren.

Inseln über Inseln. Manche recht nah. Andere wieder fern. Einige bebaut, die Nachbarn wiederum nicht. Da war nur der sehr weiße Strand zu sehen, gegen den das Wasser rollte und ihn mit hellen Bärten bedeckte.

Es waren viele Boote unterwegs. Unterschiedlich groß transportierten sie jede Menge Touristen. Auch die gläsernen Boote waren zu sehen. Wer dort saß, konnte in die Tiefe schauen, die Fische beobachten und hatte das Gefühl, im Wasser zu stehen und trotzdem keine nassen Füße zu bekommen. Zwischen den Inseln waren Surfer unterwegs, deren Segel in allen möglichen Farben schimmerten.

Man lief Wasserski. Paragliding war ebenfalls angesagt, aber man ließ sich hier von einem Boot ziehen und schwebte wie ein großer Vogel über allem.

Ein Urlaubsparadies der Spitzenklasse, das unsere Mitfahrer immer zu Begeisterungsstürmen hinriß. Die beiden Ladys klatschten mehr als einmal in die Hände, während ihr Begleiter an seinem Drink nuckelte und vor sich hinstarrte.

Ich versuchte, die Fahrt zu genießen und zu vergessen, was wir erlebt hatten.

So ganz gelang mir das nicht.

Immer wieder tauchte das Gesicht mit dem in der Stirn steckenden Kreuz vor mir auf.

Es mußte mit einer wahnsinnigen Wucht dort hineingerammt worden sein. Wer tat so etwas? Und warum nahm er ein Kreuz?

Glendas Seufzen riß mich aus meinen Gedanken. »Sind wir wirklich auf den Bahamas?«

»Ja.«

»Dann träume ich nicht?«

»Nein.«

»Zwei Wochen würden mir schon gefallen, John.«

»Sag das Sir James.«

»Lieber nicht.«

Sie lachte und lehnte sich an mich. Durch die Fahrt umspielte uns der Wind. Er brachte auch den Geruch des Wassers mit. Ein besonderer Geschmack wehte uns entgegen. Leicht salzig, zugleich so klar und frei.

Ich hatte für einen Moment die Augen ebenfalls geschlossen gehabt und das schreckliche Bild des Toten war vor meinen Augen verschwunden. Als ich wieder normal sah, fiel mein Blick direkt auf unser Gepäck, und ich wurde wieder an die kurze Warnung des Jungen erinnert. Damit konnte ich auch jetzt nichts anfangen.

Ich schaute mir die Koffer an. Meiner war dunkelblau, der von Glenda pinkfarben. Das Material war weich, wobei sich Glendas Koffer mehr ausbeulte. Sie hatte ihn ziemlich voll gepackt.

Für eine Weile schaute ich das Gepäck an, ohne mir irgendwelche Gedanken darüber zu machen. Ich sah auch nichts von der Landschaft. Das Meer, die Rufe der Segler und Surfer, die Stimmen der anderen Passagiere, das schien alles so weit entfernt zu sein. Von einer leichten Müdigkeit wollte ich nicht sprechen, was mich durchflutete, waren die ersten Anzeichen einer Entspannung. Leider würden sie nicht lange anhalten, da wir nicht hergekommen waren, um Urlaub zu machen.

Hinter der in meinem Sichtbereich stehenden Breitseite des Koffers bewegte sich etwas.

Ich ließ mich treiben ...

Der blaue Stoff bewegte sich wieder!

Plötzlich schreckte ich auf. Das war keinesfalls normal, denn die Koffer schaukelten zwar, aber das hatte mit dieser Bewegung, die ich sah, nichts zu tun. Sie fand hinter der breiten Seite des Gepäckstücks statt, und wenn ich genauer hinschaute, erkannte ich, das von innen etwas gegen das Material drückte.

Ich stieß Glenda an.

»Was ist denn?«

»Du kannst später weiter träumen. Schau dir mal lieber meinen Koffer an.«

»Wieso? Was ist damit?«

»Sieh hin!«

Glenda nahm sogar die Sonnenbrille von ihren Augen und tat, was ich ihr geraten hatte. Auch ich ließ den Koffer nicht aus den Augen, gab jedoch keinen Kommentar ab und wartete darauf, daß Glenda etwas sagte.

»Komisch«, sagte sie und schaute mich an. »Im Koffer ist etwas, das sich bewegt.«

»Dann siehst du es auch.«

»Klar. Das ist ja nicht zu übersehen. Was bewegt sich da, verdammt noch mal?«

»Meine Kleidung nicht«, sagte ich leise.

Wir schwiegen in den folgenden Sekunden und konzentrierten uns auf das Gepäckstück. Nur an einer Seite war die Bewegung hinter dem dünnen Stoff zu erkennen. Sie schlängelte sich an der Innenseite entlang, mal waagerecht, dann diagonal, aber es zeichnete sich kein konkreter Abdruck ab.

»Schade«, sagte Glenda. »In den letzten Minuten begann der Urlaub mir zu gefallen.«

»Vergiß es.« ich gab meine bequeme Sitzposition auf und beugte den Oberkörper jetzt nach vorn, um den Koffer besser unter Kontrolle zu halten. Der Weg des Objekts war genau zu verfolgen. Es war ziemlich lang, aber nicht so lang wie der Koffer.

»Wenn es nicht zu blöd klingen würde«, sagte Glenda, »könnte ich den Gegenstand in deinem Koffer für eine Schlange halten.«

»Gratuliere. So blöd ist das nicht. Oder wir beide sind eben gleich blöd.«

»Denkst du das auch?«

»Klar.«

Sie atmete sehr laut, sagte aber nichts und schaute mich von der Seite her an. Auf ihrer Haut lag ein Schauer, und die Frage stand in ihren Augen zu lesen.

Die Antwort gab ich, indem ich mich erhob.

»He, willst du den Koffer öffnen, John?«

»Und ob.« Ich kämpfte ein wenig mit dem Gleichgewicht, ging einen Schritt nach vorn und bückte mich. Ich tastete nicht mit der Hand über die Außenseite hinweg, sondern zog den Koffer zu mir heran, drehte ihn und klemmte ihn dann zwischen meinen leicht gespreizten Beinen fest. Beobachtet wurde ich nur von Glenda. Die übrigen Fahrgäste hatten nur Augen für die Meerlandschaft.

Der Koffer war durch zwei Schlösser verschlossen. Die Hälfte wurden von zwei kräftigen Reißverschlüssen zusammengehalten. Waren sie offen, konnte der Koffer in zwei Hälften auseinandergeklappt werden.

Ich zog den Reißverschluß für die entsprechende linke Kofferseite langsam auf.

»Gib nur acht!« flüsterte Glenda. »Mit Schlangen ist nicht zu spaßen.«

»Keine Sorge.«

Ich hörte den Geräuschen beim Öffnen des Reißverschlusses zu. Das erste Loch klaffte auf. Mehr ein Spalt, in den ich hineinlugte.

Zu sehen war nichts Gefährliches. Nur meine Kleidung erkannte ich, die dicht zusammengepreßt das Innere des Koffers füllte. Hemden und Unterwäsche.

Eine Schlange sah ich nicht. Kein Wunder, denn der Körper konnte sich durchaus zusammengeringelt und versteckt haben. Ich hütete mich davor, meine Hand in das Gepäckstück zu stecken. Statt dessen klappte ich den Koffer noch weiter auf.

Glenda Perkins war auf der Sitzbank geblieben und schaute mir zu. Sie saß da wie auf dem Sprung, um mir jeden Augenblick zur Hilfe kommen zu können.

Ich schwitzte. Der Schweiß lag auf meiner Stirn ebenso wie auf dem Rücken. Mit Schlangen hatte ich keine große Erfahrungen sammeln können, und schon gar nicht mit exotischen Exemplaren, deren blitzschneller Biß durchaus tödlich sein konnte.

Es bewegte sich nichts.

Ich öffnete den Koffer noch weiter. Vielleicht war die Schlange so zu locken.

Plötzlich war sie da.,

Es ging alles wahnsinnig schnell, und ich schaffte es auch nicht, rechtzeitig genug zu reagieren. Durch meine Klamotten huschte etwas Giftgrünes. Zackig, rasend schnell. Es war kaum zu fassen, zu verfolgen, und dann schnellte die Schlange in die Höhe.

Sie war frei!

Zum Glück schrie Glenda nicht, und auch ich hielt meinen Mund, wich zurück und handelte trotzdem.

Bevor die Schlange mich erreichen konnte, schlug ich mit der bloßen Hand nach ihr. Es war mehr ein Reflex, aber er war sehr stark.

Bevor die Schlange beißen konnte, erwischte ich sie hart mit dem Handrücken. Sie sah aus wie ein grün gefärbter Aal und war auch etwa so lang. Nur war sie dünner, aber der Schlag hatte sie schon überrascht.

Sie torkelte plötzlich durch die Luft, und in ihrer Nähe gab es nichts, das als Stütze hätte dienen können. Die Wucht trieb sie sogar aus den Bereich des Sonnensegels und über die Reling hinweg. Daß sie im Wasser verschwand, sah ich nicht mehr, war allerdings davon überzeugt.

»John«, sagte Glenda nur. »John, das war verdammt knapp.«

Ich nickte. Erst jetzt erreichte mich das Zittern. Es war das Nachbeben des Schocks. »Sie hätte uns schon Schwierigkeiten machen können, wenn ich ehrlich bin.«

Ich kniete mich hin und breitete die beiden Kofferhälften vor mir aus. Es gab keine weitere Schlange mehr im Gepäck. Glendas Koffer inspizierten wir ebenfalls. Ich konnte mir ein Grinsen nicht verkneifen, als ich gewisse Dessous sah, was Glenda nicht gefiel, denn sie hielt mir eine Hand vor die Augen.

»Das ist nicht für dich bestimmt.«

»Ich hätte auch nicht reingepaßt.«

»Trotzdem.«

»Haben wir nicht ein Doppelzimmer?«

»Das hat nichts zu sagen.«

Glendas Koffer war schlangenfrei, und sie war sehr froh darüber. Als sie ihn wieder geschlossen und sich auf die Bank gesetzt hatte – die übrigen Fahrgäste hatten von unserer Aktion nichts bemerkt –, sagte sie: »Die Überraschungen reißen nicht ab. Allmählich fühle ich mich wie in einer gewaltigen Falle.« Sie blickte zu einer Insel, deren Gestade immer näherrückten und auf der sich ein großer Bau abhob, unser Hotel. Es schimmerte nicht weiß, sondern leicht roséfarben, als hätte es die Strahlen einer allmählich sinkenden Sonne aufgesaugt.

»Hotel Paradise«, murmelte Glenda. »Paßt irgendwie, denn die Schlange hatten wir schon.«

»Bleiben nur noch Adam und Eva.«

»Die sitzen hier auf dem Boot.«

»Und woher bekommen wir den Apfel?«

»Nicht von Abel, sondern von Kain.« Sie räusperte sich. »Erst der Tote und dann dieser Anschlag auf uns. Dabei wollten wir die Insel unerkannt betreten.«

»Du vergißt den Jungen.«

Sie stieß mich an. »Stimmt, John, er hat uns gewarnt. Er muß etwas bemerkt haben.«

»Kann sein, daß Gästen öfter Schlangen in die Koffer gesteckt werden. Sozusagen als Begrüßungspräsent.«

»Das glaubst du doch selbst nicht. Ich jedenfalls bin gespannt, was uns im Paradies erwartet.«

»Vielleicht sogar der Teufel«, sagte ich leise ...

Es gab nicht nur die Hotelboote, die Adventure Island anliefen, sondern auch ganz normale. Sie schafften Touristen heran, die sich die Insel auf einem etwa einstündigen Rundgang anschauten und den Luxus dort bestaunten.

Die Anlagen durften sie natürlich nicht benutzen. Das Hotel selbst war für sie tabu. Sie konnten mal schnuppern, was sie auch reichlich taten, denn es gab immer wieder Prominente aus dem Showgeschäft, die auf Adventure Island Urlaub machten und dann natürlich gern entdeckt wurden.

Das Hotel nahm nicht das gesamte Gebiet der Insel ein. An der Ostseite war sie ursprünglich geblieben.

Dort hatte sich Wals ausbreiten können, und in seinem Schatten standen die Häuser derjenigen, die auf der Insel beschäftigt waren. Kein Vergleich zum Luxus des Hotels, aber es waren genügend Freiluftbuden und Stände da, um die Touristen zu versorgen. So verdienten sich die Familien der Mitarbeiter noch ein gutes Zubrot mit Drinks, Bier, kleinen scharfen Gerichten aus der kreolischen Küche und natürlich Andenkenkitsch.

Das Boot, mit dem Suko fuhr, war recht voll. Schnatternde Touristen, die unaufhörlich von der Landschaft schwärmten und dabei fotografierten wie die Weltmeister.

Dem Trubel war Suko entgangen. Er hatte sich einen Platz am Bug ausgesucht, der relativ leer war. Dort wehte ein etwas schärferer Wind, der hin und wieder auch schaumige Gischtspritzer über Bord schüttete und Suko abkühlte.

Seine Reisetasche hatte er zwischen die Beine geklemmt. Kein anderer machte ihm den Platz streitig.

Die nächsten Touristen waren so weit von ihm entfernt, daß er nur ihre Stimmen hörte, aber nicht verstand, was sie sagten.

Das Boot näherte sich der Insel.

Von der Luft aus hätte sie ausgesehen wie ein flacher Pfannkuchen. Das Bild veränderte sich jetzt, als Suko das mächtige Hotel sah, das einfach die Insel beherrschte. Es bestand aus zwei hohen Türmen, die durch eine gläserne Brücke miteinander verbunden waren. So etwas paßte einfach nicht auf die Insel. Hier hätte man flacher bauen müssen. Bungalows, Häuser, die von der Landschaft überragt wurden und nicht umgekehrt. Das war hier anders. Auf Adventure Island regierte das Hotel. Selbst im Sonnenlicht konnte es Suko nicht gefallen, was nicht einmal an der Farbe der Fassade lag, sondern am Baustil. Nicht so verrückt und durchgeknallt wie manche Hotels in Las Vegas, wo jetzt sogar Venedig nachgebaut worden war, aber hier fiel es mehr auf und war ein Anziehungspunkt nicht nur für Gäste.

Suko hatte sich schon damit abgefunden gehabt, dort nicht wohnen zu müssen.

Nach Johns Anruf hatte er umdenken müssen, aber glücklich war er über diese Veränderung beileibe nicht.

Er hörte hinter sich Schritte. Umdrehen wollte er sich nicht, aber die Geräusche wurden lauter, und Suko wandte sich nach rechts. Ein Mann trat neben ihn und legte seine Hände auf die Reling. Das heißt, nur eine Hand. Die linke gab es nicht mehr. Sie war durch einen Haken ersetzt worden. So erinnerte der bärtige Typ mit der sonnenbraunen Haut und dem grauen Vollbart, der den Mann älter machte als er tatsächlich war, Suko an einen Piraten. Ein Kopftuch hatte er nicht umgebunden. Dafür trug er einen maisgelben Hut mit breiter Krempe. Zwischen seinen Lippen steckte eine zur Hälfte aufgerauchte Zigarre, deren Rauch sofort vom Wind zerflattert wurde.

»Ein schöner Platz, nicht?« sagte der bärtige Typ.

»Kann man sagen.«

»Gefällt dir der Trubel auch nicht?«

»Sonst würde ich nicht hier stehen.«

»Richtig. Aber das ist bald vorbei. Ich kenne das.«

»Du bist kein Urlauber – oder?«

Der ›Pirat‹ lachte. Auch dabei nahm er die recht kurze Zigarre nicht aus dem Mund. »Sehe ich so aus?«

»Eigentlich nicht.«

»Eben!«

»Was treibt dich denn zur Insel hin?«

Der Bärtige hob die Schultern. »Meine Frau, die dritte, eine Einheimische.«

»Das ist ein Grund.«

»Und der Laden.«

»Ein Geschäft?«

»Ja.« Mit der Hakenhand deutete er über das Wasser. »Am anderen Ufer der Insel, wo sie noch in etwa das hält, was der Name verspricht. Wir haben dort ein kleines Geschäft und verkaufen Andenken, Getränke und ... ja alles, was sich die Leute so wünschen. Bis hin zu Hüten und bunten Tüchern.«

»Lohnt sich das?«

»Klar. Es gibt doch genügend Idioten, die das kaufen. Nichts gegen dich, Meister, du siehst nicht so aus wie die meisten Typen, und ich denke auch nicht, daß du im Hotel wohnen wirst. Wenn ja, dann hättest du mehr Gepäck. Aber es sind meine Landsleute, die Amerikaner, die ihre Dollars hier lassen.«

»Du bist Amerikaner?«

»Ja. Ich stamme aus Orlando. Aber mir gefällt es hier besser. Ist irgendwie ruhiger. Nach dem Unfall habe ich meinen Job dort aufgegeben.« Er löste seine künstliche Hand und hielt den Haken hoch, der im Sonnenlicht blitzte. »Ich hätte mir auch eine Ersatzhand annähen lassen können, aber das wollte ich nicht. Zu Adventure Island gehört auch ein richtiger Pirat, meine ich. Und so fühle ich mich.«

»Hat man dir die Hand abgehackt?«

Er lachte wieder. »War ein Berufsunfall.«

»Was hast du denn gemacht?«

Der ›Pirat‹ schaute Suko an. »Ich bin Fensterputzer gewesen, wenn du verstehst.«

»Höchstens halb.«

»Dann will ich es dir sagen. Ich war Fensterputzer in einem Haifischbecken.«

Suko wußte nicht, wie er sich verhalten sollte. Grinsen, abwinken, den Kopf schütteln?

»Du glaubst mir nicht, wie?«

Ein paar Gischtspritzer klatschten gegen Sukos Haut, und er verzog das Gesicht.

Der Mann nahm es falsch auf. »Keine Sorge, ich ramme dir den Haken schon nicht in den Hals, weil du mir nicht glaubst.«

»Das habe ich nicht gesagt. Ich war nur etwas verwundert. Die Welt ist voller Überraschungen.«

»Einmal hatte ich Pech. Der Hai war hungrig. Dabei wurden die Biester immer gefüttert, bevor wir die Scheiben des Beckens reinigten. Da hatten sie wohl einen vergessen, und mein Kumpel ist leider zu spät gekommen.«

»Das ist Pech.«

»Oder Glück«, sagte Sukos neuer Bekannter. »So kam mir die Idee, mich hier auf der Insel niederzulassen. Ich traf auch noch ein Weib, und alles ging seinen Weg. Du kannst mich als Beachcomber bezeichnen. Ich lebe so in den Tag hinein, und ich muß sagen, daß man sich daran gewöhnen kann.«

»Das glaube ich dir gern.«

»Was machst du denn beruflich?«

Die Wahrheit konnte Suko natürlich nicht sagen. »Ich bin zwar frei, aber nicht so frei wie du. Ich arbeite für eine Zeitung in Hongkong als Reisejournalist. In dieser Funktion bin ich unterwegs. Ich soll was über die Insel schreiben.«

»Und über das Hotel, wie?«

»Klar. Da wohne ich dann auch.«

»Auf Spesen?«

»Versteht sich.«

»So lasse ich mir das gefallen. Trotzdem, Kumpel, du wirst dich zwischen all den Schaumachern nicht wohl fühlen. Das ist doch kein Leben dort. Nichts Echtes. Da kommt man sich vor wie auf einer Bühne. Die spielen sich gegenseitig was vor.«

»Kann sein.«

»Kann nicht nur sein, das ist so. Das müßtest du doch wissen, wenn du über Hotels schreibst.«

»Nicht nur darüber.«

»Was denn noch?«

»Mich interessieren auch Hintergründe. Ich möchte wissen, wer sonst noch auf der Insel lebt. Was die Einheimischen denken, welche Vorschläge und Tips sie haben und so weiter. Das ist es eigentlich, was mir am Herzen liegt.«

»Hört sich schon besser an.«

»Meine ich auch.«

Der ›Pirat‹ streckte Suko seine unversehrte Hand entgegen. »Ich heiße übrigens Hank.«

»Ich bin Suko.«

»Okay. Du scheinst mir jemand zu sein, der mitten im Leben steht, Suko. Deshalb mein Vorschlag. Das Hotel brauchst du ja nicht zu vergessen, du kannst da auch wohnen und es erwähnen, aber wenn du Insider-Tips haben willst, dann komm zu mir. Damit kann ich dienen. Ich bin ja auch über Leute froh, die bei uns kaufen. Und Carla ist es ebenfalls.«

»Wer ist Carla?«

»Meine Frau.«

»Klar, die dritte – oder?«

Hank nickte. »Genau. Von der ersten bin ich geschieden, die zweite starb leider.«

»Hier auf der Insel?«

Hank schob die Hutkrempe etwas höher und schaute Suko an, der sah, daß sein neuer Bekannter sehr helle Augen hatte, die in einem kalten Blau leuchteten. »Wie kommst du darauf?«

»Nur so.«

»Das glaube ich dir nicht, Kumpel. Man hat den Tod mit dieser Insel in letzter Zeit häufiger in Zusammenhang gebracht. Du bist Reporter und deshalb neugierig. Es könnte doch sein, daß du erfahren hast, was hier geschehen ist.«

Suko wollte nicht lügen. Es war immer gut, wenn man irgendwo einen Vertrauten sitzen hatte. »Es gab zwei Tote. Das habe ich gehört.«

»Du hast gute Ohren, Amigo. Einer wurde erhängt, der andere steckte im Pool. Beide arbeiteten im Paradise. Den letzten habe ich gut gekannt. Wir haben so manchen Abend zusammengesessen, wenn Todd Blaine mal frei hatte. Er war ein echter Typ. Ein Sportler, einer, der die Gefahr mochte, sie aber nie unterschätzte. Auch einer der besten Schwimmer, die ich kenne. Und er ertrinkt im Pool. Das stinkt so, daß man daran riechen kann. Auch der erste hat sich nicht selbst aufgehängt, obwohl die Direktion beide Fälle herunterspielte. Ich und viele andere auf der Insel haben unsere eigene Meinung darüber.«

»Also Mord!«

»Bingo, stark!« Hank lachte und paffte zugleich Rauchwolken in die klare Luft.

»Was sagt die Polizei?«

Hank schaute Suko mit einem langen Blick an und verzog dabei seine Mundwinkel. »Hör mir doch mit den Bullen auf. Die haben alles mögliche untersucht, aber an die Wahrheit sind sie nicht herangekommen.«

»Dann läuft der Täter noch frei herum?«

Hank antwortete nicht. Auch nach fast zehn Sekunden war noch kein Wort über seine Lippen gedrungen. »He, bist du zu einem Fisch geworden, Meister?«

»Man kann nicht von einem Täter sprechen.«

»Warum nicht?«

Hank zog die Stirn kraus. »Hör auf«, sagte er, »mach deinen Job, mach den gut, und dann wirst du keinen Ärger bekommen. Was hinter den Kulissen steckt, das soll auch hinter den Kulissen bleiben. Besonders für Fremde. Verstehst du?«

»Klar.«

»Das ist gut.«

»Trotzdem bin ich neugierig geworden!«

Der Blick der hellblauen Augen konzentrierte sich auf Sukos Gesicht. »Nimm meinen Rat ernst, Amigo. Ich möchte nämlich nicht sehen, wie man dich von der Rah pflückt oder aus dem Pool holt.«

»Verstanden. Aber besuchen darf ich dich doch – oder?«

»Wenn du willst?« Hank räusperte sich, nahm die Zigarre aus dem Mund und warf sie ins Wasser. »Bleibe bei deinen Leisten, Suko, alles andere ist zu gefährlich. Bis später, wir legen ja gleich an.« Hank tippte gegen seinen Hut und ging.

»Ich bleibe schon bei meinen Leisten«, erwiderte ein nachdenklich gewordener Suko. Er hatte allerdings so leise gesprochen, daß er von Hank nicht mehr gehört worden war. Der Einheimische hielt sich schon zwischen den Touristen versteckt, die darauf warteten, daß das Boot anlegte.

Sie waren bereits in den kleinen Hafen hineingefahren. Von ihm aus war das Hotel durch einen Kanal direkt zu erreichen, allerdings nicht für das Touristenschiff.

Was hier im recht kleinen Hafen am Pier lag, das war ein großes Vermögen. Hineingesteckt in schnittige Yachten der unterschiedlichsten Größen, aber alle waren sehr teuer. Allein die Liegegebühren kosteten bestimmt mehr als Suko in einem Jahr verdiente. Es konnte auch sein, daß einige Hotelgäste mit ihren

Yachten gekommen waren, aber das interessierte Suko nur am Rande.

Sie glitten an den Schiffen vorbei auf die Anlegestelle zu, die für Touristen gebaut worden war. Es war wie bei der Landung eines Flugzeugs. Die meisten wollten alle zugleich von Bord. Nur Suko hatte Zeit. Er wartete ab, bis das große Gedränge vorbei war.

Das Hotel lag in der Nähe. Es kam ihm jetzt noch größer und höher vor. Sonnenlicht spiegelte sich in den Scheiben, und um die beiden Bauten herum war ein regelrechtes Paradies aus Pools, Ruhezonen und Bars angelegt worden.

Man konnte sich von einer Stretchlimousine abholen lassen oder auch zu Fuß gehen.

Dafür entschied sich Suko. Er sah sich nicht als normaler Gast an. Innerlich grinste er, als er sich die Gesichter der Angestellten vorstellte, wenn sie ihn die Hotelhalle betreten sahen. Hier achtete man eben noch auf das Äußere, was grundfalsch war. Dagegen angehen konnte man nicht. Das würde es geben, so lange Menschen existierten . . .

Die Eincheckerei hatten wir hinter uns. Schon nach dem Betreten der gut gekühlten Halle waren wir von dienstbaren Geistern umgeben, die sich um alles kümmerten. Von Verbeugungen über den Händedruck, bis hin zum Tragen des Gepäcks – Glenda und ich brauchten nichts zu tun. Nur später im Zimmer ein Trinkgeld geben, denn ich wollte mir nicht noch in die Hosentasche fassen lassen.

Hatte ich Zimmer gesagt?

Das kam nicht so hin. Es war zwar keine Suite, aber ein Raum auch nicht. Der Wohnraum mit dem großen Fenster erlaubte einen Blick auf die Insel und über sie hinaus. Durch einen Rundbogen war der Schlafraum mit dem leicht kitschig wirkenden Himmelbett zu erreichen, und von dort konnte man das Bad betreten, das mehr einer Badelandschaft glich, denn Whirlpool, Dusche und auch die bereitliegenden Bade- und Handtücher gehörten zum Feinsten.

Auf einem Teakholztisch stand mitten im Wohnraum eine Flasche Champagner. Der Hals schaute aus dem Kübel hervor, der mit Eis gefüllt war und dessen Außenhaut feucht schimmerte. Neben dem Kühler stand eine mit Obst gefüllte Schale.

»Wau«, sagte Glenda, als sie das ›Zimmer‹ durchwandert hatte. »Das hat was.«

Ich war dabei, meinen Koffer auszupacken und die Klamotten im Schrank mit der Schiebetür zu verstauen. »Wenn du meinst.«

»Na ja, nicht für immer. Aber für zwei Wochen schon.«

»Dann laß dir mal einen Kontoauszug schicken.« ich deutete auf die Technikecke, wo der Computer seinen Platz gefunden hatte und auch ein Fax stand. »Der hat Internet.«

»Warum soll ich ...?«

»Du kannst dir deine Bankauszüge schicken lassen.«

Glenda streckte mir die Zunge entgegen. »Spielverderben!« sagte sie. Und dann: »Ich packe jetzt auch aus.«

»Gut, ich bin fertig.«

Ich wollte Suko sowieso anrufen. Die in den drei Räumen verteilten Telefone ließ ich in Ruhe und stellte mich im schrägen Winkel vor das Fenster, als ich Suko über Handy anrief.

Er meldete sich schnell.

»Du bist schon auf der Insel?« fragte ich.

»Klar. Hast du etwas anderes gedacht?«

»Hätte ja sein können, daß ...«

»Aber ihr habt euch verspätet!«

»Das hatte auch seinen Grund.«

»Ärger?«

»Ja. Wir wohnen hier im siebten Stock. Zimmer zweihundertfünfzehn. Kannst du kommen?«

»Da brauche ich nur zwei Etagen höher zu fahren. Bis gleich dann.«

Die Wartezeit überbrückte ich, indem ich einen Pfirsich aß, der wunderbar schmeckte. Hier war wirklich alles vom Feinsten. An einer Leinenserviette wischte ich mir die Finger ab, dann war Suko auch schon da.

»Das ist was«, sagte er nach einem ersten kurzen Rundblick. »Aber mein Zimmer ist nicht viel kleiner, obwohl es nur für eine Person konzipiert wurde.«

Wir hauten uns in die Sessel. Auch Glenda kam hinzu, die auf der Couch ihren Platz einnahm.

»Was hat es denn gegeben?« fragte Suko.

»Eine neue Leiche und eine Schlange.«

Er schaute mich und danach Glenda an, als wollte er herausfinden, ob wir ihm einen Bären aufgebunden hatten. »Muß ich das glauben?«

»Leider.«

Glenda und ich berichteten abwechselnd, und Suko bekam einen leichten Schauer. »Da können wir uns ja auf etwas gefaßt machen«, meinte er.

»Jemand hat uns verraten!« sagte ich.

»Wer?«

Glenda und ich zuckten zugleich mit den Schultern.

»Warren Cox«, sagte Suko.

»Das ist möglich. Ich will ihm auch nicht unterstellen, daß er es mit Absicht getan hat, wenn es dann so wäre. Aber das müssen wir alles abwarten.«

»Jemand will also nicht, daß wir hier herumschnüffeln«, stellte Suko fest. »Irgendwie paßt das zu dem, was ich auf der Überfahrt erlebt habe.«

»Laß hören.«

Er sah mich an und lächelte. »Schlangen und Leichen mit Knochenkreuzen in der Stirn habe ich nicht gesehen, dafür habe ich jemand kennengelernt. Einen Typ, der sehr originell ist, hier auf der Insel lebt und nur einen gesunden Arm hat. Die linke Hand fehlt ihm. Sie wurde durch einen Haken ersetzt.«

Diesmal berichtete er, und wir waren später zu dritt der Ansicht, daß Hank mehr über die Insel wußte.

»Das ist genau das, worauf ich hinauswollte«, sagte Suko, »und deshalb werde ich diesen Knaben auch so schnell wie möglich besuchen.«

»Heißt es, daß du gleich los willst?« fragte ich.

»Ja.«

»Wann treffen wir uns?«

»Zumindest am Abend. Ich brauche auch nicht zu Fuß zu gehen. Hier ist für alles gesorgt. Man kann sich einen Motorroller leihen, um die Insel zu erkunden. Das werde ich tun. Die Einheimischen leben am Ostrand nahe des Regenwaldes.«

»Ja, tu das. Vielleicht rückt dein neuer Freund Hank ja noch mit Informationen heraus.«

Suko erhob sich. Dabei fragt er: »Was habt ihr beiden Hübschen jetzt vor?«

»Ich würde schwimmen gehen!« rief Glenda, sah meinen düsteren Blick und winkte ab. »Aber John nicht.«

»Also Arbeit?«

»Ein Rundgang, Suko. Es kann ja nicht schaden, wenn wir den Komplex kennenlernen. Ach – und noch etwas. Erkundige dich bei deinem neuen Freund doch mal, was er von dem Begriff Voodoo-Wächter hält. Wenn er sich gut auskennt, wird er dir bestimmt helfen können. Es sei denn, er hat Angst.«

»Das ist nicht völlig auszuschließen«, sagte Suko und verließ den Raum.

»Wann willst du los, John?« fragte Glenda.

»Sofort.«

»Gut, dann ziehe ich mich nur kurz um.«

»Okay, ich warte.«

Glenda hatte sich in luftiges Leinen gekleidet, auch noch kurz geduscht und ihr Haar hochgesteckt. Die Hose war ebenso weit geschnitten wie ihre orangefarbene Bluse, die luftig genug war, um auch dem Wind freie Bahn zu lassen. Locker hing sie über die Hose hinweg. Darunter trug sie einen Bikini, und sie erklärte mir, daß sie vielleicht doch eine Runde schwimmen würde, und fügte hinzu: »Auch wenn du meinst, daß wir keinen Urlaub machen.«

»Keine Sorge, ich will dich nicht behindern.«

»Das ist auch gut so.«

»Wo fangen wir an?«

»Ich überlasse es dir.«

Mit dem Lift glitten wir sanft in den Basement-Bereich hinein. Jeder Flur und jedes Zimmer in diesem Hotel war klimatisiert, so daß man sich wohl fühlen konnte.

Von einem Hotelpool konnte man natürlich nicht sprechen. Um die beiden Türme herum breitete sich eine Badelandschaft aus, die wirklich einmalig war. In dieser Größe hatte ich sie auch noch nicht persönlich erlebt. Die verschiedenen Becken waren durch Kanäle miteinander verbunden. Man konnte sie normal betreten und sich dabei langsam in tieferes Wasser gleiten lassen, oder man entschied sich für die Rutsche, die sich wie eine Serpentine von der Höhe herab auf das sehr klare Wasser zubewegte. Überall in der Schwimmlandschaft gab es künstliche Inseln. Einige waren da, um sich sonnen zu können. Andere wiederum beherbergten kleine Außenbars oder Grillplätze, an denen die Gäste ihren kleinen Hunger stillen konnten. Die Musik war leise, so daß sich kein Gast von den Melodien gestört fühlen konnte.

Glenda und ich schlenderten auf den trockenen Wegen und Stegen durch diese künstliche Landschaft und erreichten einen Bereich, in dem die Vegetation noch üppiger war als an anderen Stellen. Es war ein regelrechter Blumendschungel, und auch dort konnte man an den aufgestellten Tischen verweilen und seine exotischen Drinks schlürfen, die von blitzsauberen Mitarbeitern serviert wurden.

Mich interessierte die Rutsche. Man glitt hinein in einen der großen Pools. Um sie zu erreichen, konnte man entweder hochklettern, dafür stand eine Leiter bereit, aber es gab auch eine gläserne Liftkabine, die vor der Anstrengung des Treppensteigens schützte.

Ich blieb an einer Seite des Pools stehen, von der ich einen guten Überblick hatte.

Das Wasser war sehr klar. Obwohl immer wieder Gäste hineinglitten, war es mir möglich, bis auf den Grund zu sehen. Dort hatte jemand festgesteckt und war ertrunken. Spuren gab es nicht mehr zu sehen. Man hatte den Boden des Beckens sehr schnell ausgebessert.

Ich rieb nachdenklich über mein Kinn, als Glenda an meine Seite trat. »Wußtest du eigentlich, daß es hier noch eine zweite Wasserwelt gibt?«

»Nein. Wo denn?«

Sie deutete mit dem Zeigefinger in die Tiefe. »Praktisch unter dem Hotel. Dort sind gewaltige Aquarien, in denen du sehen kannst, was hier normalerweise im

Meer herumschwimmt.«

»Auch Haie?« fragte ich.

»Ich denke schon.«

»Du willst dir das anschauen?«

»Wäre nicht schlecht.«

»Okay, gehen wir.«

Sie wies auf die Rutsche.

»Ist hier alles okay?«

»Es gibt keine Spuren mehr, Glenda. Man hat sie sorgfältig gelöscht. Niemand soll daran erinnert werden, obwohl jeder der Mitarbeiter daran denkt, davon bin ich überzeugt.«

»Ich auch.«

Der Weg in die Unterwasserwelt konnte über eine Treppe oder mit dem Lift erreicht werden. Wir entschieden uns für die Treppe, die im Hintergrund der mit Blumen und Springbrunnen gefüllten Hotelhalle in die Tiefe führte.

Die Treppe war breit. Indirekte Beleuchtung legte sich geisterhaft schimmernd über jede Stufe, und die Hallenmusik blieb allmählich hinter uns zurück.

Sehr bald schon nahm uns eine andere Welt auf. Nein, sie war nicht düster, aber Licht paßte sich der Umgebung gut an. Es störte nicht, und es störte auch nicht die Fische, die rechts und links eines tunnelähnlichen Gangs in zwei gewaltigen Aquarien lautlos ihre Bahnen zogen.

Vielleicht war dieses gewaltige Aquarium nur eingerichtet worden, damit die Gäste bei den wenigen Regentagen eine Abwechslung hatten. Zu dieser Zeit jedenfalls waren wir die einzigen, die sich hier unten aufhielten.

Am Beginn des Gangs blieben wir stehen. Glenda schaute nach vorn und auch zur Seite hin. Ihr Gesicht hatte den lockeren Ausdruck verloren. Sie sah gespannt aus.

»Hast du was?« fragte ich sie.

»Nein, nicht unbedingt.«

»Aber ...«

»Ich weiß nicht, so wohl fühle ich mich nicht. Mögen die Scheiben an den Seiten auch noch so dick sein, ich werde die Vorstellung einfach nicht los, daß sie plötzlich brechen können und wir durch das Wasser weggeschwemmt werden.«

»Keine Sorge, die halten den Druck aus.«

»Wie auch der Poolboden – oder?«

Ich gab ihr keine Antwort, sondern setzte mich in Bewegung.

Rechts und links befanden sich die lautlosen Welten. Auch dazwischen war es still geworden. Wir sprachen nicht, und unsere Schritte wurden von dem recht weichen Boden förmlich aufgesaugt, so daß kaum Geräusche zu hören waren.

Rechts und links bewegten sich die Fische in einem Wasser, das sehr klar war. Man hatte diese Welt dem Meeresboden abgeschaut. Es gab mit Korallen bewachsene Felsen, feinen Sand auf dem Grund, hohe, ranke Pflanzen, die sich im leichten Rhythmus der Wellen bewegten, als wollten sie jedem Zuschauer zuwinken.

Und es gab die Fische.

Wir sahen die absoluten Exoten an der rechten Seite, wobei ich nicht die Haie meinte, sondern Fische, die oft nur so groß wie eine Hand waren, aber in verschiedenen Farben leuchteten. Auch präsentierten sie sich in den unterschiedlichsten Formen. Manche waren langgestreckt, andere wiederum zeigten eine kompakte, beinahe schon kugelige Form, und wieder andere erinnerten mich an kleine Pfeile, die ebenso schnell und mit manchmal zackigen Bewegungen durch das Wasser huschten.

Es war schon eine bunte und faszinierende Welt. Die Beleuchtung in den gewaltigen Becken war so eingestellt worden, daß sie weder die Fische noch die Menschen störte.

Auch ich fühlte mich von den Bildern fasziniert und vergaß dabei, weshalb wir überhaupt auf die Insel gekommen waren. Jetzt fühlten wir uns tatsächlich wie Urlauber, die dabei waren, eine völlig neue Welt zu entdecken.

»Das ist schon einsame Spitze«, sagte Glenda, die dicht neben mir ging und sich bei mir eingehakt hatte. »Eine Unterwasserwelt kann wirklich faszinierend sein.«

»Stimmt.«

Wir schauten uns zuerst die linke Seite an, die rechte wollten wir uns auf dem Rückweg vornehmen.

Noch immer waren wir allein. Umweht wurden wir von einer leisen psychedelischen Musik, die Ähnlichkeit mit dem Meeresrauschen oder einer weichen Brandung aufwies. Wer hier ging, der konnte die Sorgen des Alltags vergessen.

Am Ende des Gangs führte wieder eine Treppe hoch. Dort machten wir kehrt und nahmen uns die andere Seite vor.

»Das ist der dunkle Teil des Meeres«, flüsterte mir Glenda ins Ohr.

»Wieso?«

»Haie.« Sie streckte den Arm aus. »Da, schau hin.«

Wir waren erst wenige Schritte gegangen, doch die Herren der Meere mußten unsere Bewegungen geahnt oder gesehen haben, denn zwei von ihnen schwammen mit geschmeidigen Bewegungen auf uns und zum Glück auch auf die dicke Glaswand zu.

Es waren keine jungen Tiere mehr. Wie das Unheil

kamen sie uns vor. Sie schwammen höher, als wir standen, und sie warfen Schatten gegen die Wand.

Wir konnten sie auch von unten sehen, wo sich die Haut am Maul so weiß und hell zeigte wie die einer Leiche.

Beide öffneten die Mäuler.

»Mein Gott!« flüsterte Glenda, »sind das Beißer!«

Sie hatte recht. Wer einmal richtig dazwischengeriet, der hatte so gut wie keine Chance mehr. Es gab genügend Bücher über Haie, in denen auch Bilder von Haiopfern zu sehen waren. Schreckliche Fotos von verstümmelten Menschen. Als ich die Gebisse der Fische sah, kamen mir die Aufnahmen wieder in den Sinn.

Sie stießen von innen gegen die Glaswand. Zu hören war nichts, so dick war die Abtrennung.

»Die hält selbst Kugeln stand«, sagte Glenda.

»Das glaube ich auch.«

Wir setzten den Weg fort.

Das Wasser sah hier dunkel aus. Nur wenn wir die Köpfe sehr schräg hielten, konnten wir in die Höhe schauen und sahen weit oben ein helleres Schimmern. Dort befand sich die Oberfläche, und wahrscheinlich wurden die Tiere auch von dort gefüttert. An manchen Stellen hatten sich innen an der Scheibe Muscheln und Wasserpflanzen abgesetzt, die eine regelrechte Schicht bildeten.

Ein Schatten schwebte lautlos heran!

Es war ein riesiger Rochen, und er glitt wie die Majestät persönlich durch das Wasser. Wieder hörten wir keinen Laut, aber wir blieben stehen und beobachteten ihn.

Der lange Stachel an der Rückseite war gut zu sehen, und er erinnerte mich in seiner Form an eine große Fledermaus, die durch die Nacht segelte und auf der Suche nach Blut war.

Im Gegensatz zu den Haien interessierte er sich nicht für uns. Er glitt vorbei und fand seinen Weg in der Tiefe des Aquariums.

»Faszinierend ist es schon«, gab Glenda zu.

»Dann bist du froh, daß wir uns diese Welt angeschaut haben.«

»Ja, auch.«

»Du kannst ja gleich schwimmen.«

»Und was machst du?«

»Mal sehen. Ich werde versuchen, einige Worte mit dem Hoteldirektor zu reden. Vielleicht kann er mir mehr über gewisse Voodoo-Wächter sagen.«

»Bestimmt, John, das kann jeder hier. Alle wissen Bescheid. Nur halten sie sich bedeckt.«

»Noch ...«

An uns glitt auch weiter in die Wasserwelt vorbei. Haie erschienen noch zweimal, auch sahen wir einen Rochen.

Dann entdeckten wir die schnellen Körper der Barracudas. Alle Fische hier im Becken schienen sich zu vertragen. Wahrscheinlich erhielten sie genügend Nahrung. Da brauchten sie sich nicht gegenseitig zu fressen.

Wieder glitt etwas heran.

Ein Schatten, aber nicht in der Form eines Fisches. Er kam von oben nach unten und blieb auch in seiner senkrechten Lage, obwohl er von einer leichten Strömung auf die Innenseite der gepanzerten Glasplatte zugeschoben wurde.

Das Wasser war ein wenig trübe, so daß wir ihn nicht genau erkennen konnten. Wir blieben trotzdem stehen und schauten zu, wie er lautlos den Grund entgegenglitt.

Die Füße sahen wir zuerst!

Füße?

Glenda gab ein Geräusch von sich, in dem sich ein hastiger Atemzug und ein leiser Schrei mischten.

Sie hatte zuerst erkannt, was sich uns da näherte.

Das war kein Fisch, das war ein Mensch!

Ich spürte ihre Finger so hart wie Eisen, als sie mit der Hand meinen Arm umklammerte. Ich merkte auch ihr Zittern, aber sie sagte nichts. Auch mich hatte der Anblick getroffen, und ich stellte mir die Frage, ob die Fische hier auch durch menschliche Nahrung satt wurden.

Oder war es kein Mensch? Vielleicht nur eine Puppe, die mit beschwerten Füßen allmählich in die Tiefe sank, um im Rand des Grunds steckenzubleiben?

Der Körper sank jetzt nicht mehr so schnell, als wäre der Auftrieb stärker geworden. Für einen Moment stand er im Wasser und schwankte leicht hin und her.

Noch mußten wir unsere Köpfe zurücklegen, um besser in die Höhe schauen zu können. Wir sahen, daß der Körper nicht mehr normal war. Um die Knochen herum wehten Fetzen. Ob es Haut war oder die Reste von Kleidungsstücken, das war nicht genau zu bestimmen.

Die Gestalt sackte weiter.

Nicht schnell, sie schwebte wieder dem Grund entgegen, aber sie geriet in unseren Sichtbereich. Wir brauchten die Köpfe nicht mehr zu drehen, um sie besser und genauer sehen zu können, und wir erkannten, daß wir einen Toten vor uns hatten.

Nur keinen normalen.

Er bewegte sich noch.

Oder war es das innere Schwingen des Wassers, das uns diese Bewegungen vorgaukelte?

So genau fanden wir es nicht heraus, aber die seltsame Leiche erhielt plötzlich einen Stoß, der sie in den Rücken getroffen hatte. Aus diesem Grund drifte er auf die Scheibe zu – und prallte im nächsten Moment dagegen.

Wir sahen ihn jetzt sehr genau. Gehört hatten wir nichts von dem Aufprall, aber das Wasser trieb ihn auch nicht mehr von der Scheibe weg. Wie mit kleinen Gummikorken versehen, blieb er daran haften. Die Umgebung war klar genug, um ihn gut erkennen zu können.

War er ein Mensch?

»Das ist keiner«, flüsterte Glenda. »John, das ist kein normaler. Du mußt mir glauben.«

Ich erwiderte nichts und schaute mir die Gestalt genau an. Sie hing so dicht an der Scheibe, daß sie daran zu kleben schien. Der Körper war nackt. Er wies einige Wunden auf, aber auch Stellen, die angefressen waren. So zum Beispiel an den Hüften und den Oberschenkeln. Er war ein Mann, und jetzt erst fiel uns auf, daß er keine Kleidung mehr trug. Was da an seinem Körper herabhing, das waren Hautfetzen, die jemand abgelöst hatte. Wahrscheinlich mächtige Zähne, die an ihm geknabbert hatten.

Er war tot und lebte trotzdem. Diesen tumben Gesichtsausdruck kannte ich gut, denn ich hatte ihn oft genug bei Zombies gesehen. Zombies und Voodoo, das paßte perfekt zusammen.

Bisher hatte sich die Gestalt nicht aus eigener Kraft bewegt. Sie war mehr von den Strömungen des Wassers bis an diese Stelle getrieben worden, nun aber änderte sich dies.

Die Gestalt bewegte den Kopf.

Mit der Stirn prallte er gegen die Scheibe. Zugleich öffnete er den Mund und legte den Kopf schief. Er suchte etwas, um hineinbeißen zu können, da war das dicke Glas genau das Falsche. Aber seine Bewegung hatte uns klargemacht, daß er auf seine Art und Weise lebte und das Feuer oder die Kraft des Voodoo angeheizt worden waren.

Ich fragte mich nicht, woher er kam und wer er einmal gewesen war. Ich dachte daran, daß er möglicherweise nicht der einzige Untote hier war und sich vielleicht verlaufen hatte.

Die leichte Strömung trieb ihn wieder von der Scheibe weg. Aus eigener Kraft breitete das untote Wesen seine Arme aus, als wollte es uns damit umfangen.

Glenda wich zurück. Die unmittelbare Nähe der Scheibe war ihr einfach unheimlich.

Da sah ich die Haie!

Von zwei verschiedenen Seiten schwammen sie auf den Zombie zu, und sie rissen dabei ihre Mäuler auf.

Ich wußte, was sie wollten, und in den folgenden Sekunden erlebte ich etwas Schreckliches ...

Ob die Haie merkten, daß diese schreckliche Gestalt zwischen lebendig und tot schwebte, das stand für mich in den Sternen. Sie bekamen ja nicht nur lebendiges Futter. Man streute auch blutige Fleischbrocken in ihre Becken hinein.

Der erste biß zu.

Er erwischte den nach hinten treibenden Zombie mitten in der Bewegung, und seine scharfen Zähne rissen ein Stück aus der linken Schulter heraus. Der Hai schnappte sich das Fleisch noch einmal zurecht, um es dann in seinem Maul verschwinden zu lassen, wo er den Rest zwischen den Zähnen zermalmte.

Der zweite Hai prallte gegen den Rücken der lebenden Leiche. Der Druck war so groß, daß der Zombie bis gegen die Innenseite der Wand getrieben wurde. Sein Gesicht drückte sich dagegen, und wir sahen, wie die Züge zerflossen und sich veränderten.

Nur für die Dauer von ein, zwei Sekunden, denn der Raubfisch hatte sein Maul so weit wie möglich aufgerissen und schnappte jetzt nach dem Kopf.

Er brauchte nur einmal zu beißen. Der häßliche Schädel war für uns nicht mehr zu sehen, und der Raubfisch drückte seine beiden Kieferhälften zu.

Nein, ich hörte nichts knacken oder reißen, das Geräusch bildete ich mir in meiner Phantasie ein, aber vom Kopf der lebenden Leiche war nichts mehr zu sehen.

Ein angefressener Torso schaukelte vor der Scheibe im Wasser. Aus der Halswunde drückte sich noch eine dunkle Flüssigkeit hervor. Ob es Blut war, wußten wir nicht, das heißt ich nicht, denn Glenda hatte sich zur Seite gedreht, weil sie den Anblick nicht ertragen konnte.

Auch ich blickte jetzt weg, denn diesen folgenden Anblick wollte ich mir nicht antun.

Glenda war zu keiner Regung mehr fähig. Sie stand da und hatte die Hände zu Fäusten geballt. Sie starrte auf die andere Hälfte des Aquariums, in dem die harmloseren Fische ihre Heimat gefunden hatten. Als ich sie an der Schulter berührte, zuckte sie zusammen.

»Sag, daß es nicht wahr ist, John.«

»Leider ja.«

»Was war mit den Haien?«

»Sie sind jetzt satt.«

Glenda schüttelte den Kopf. Dann stöhnte sie auf. »Das darf doch nicht wahr sein«, flüsterte er. »Das ...

das ... ist einfach unmöglich. Wie ... wie ... kann das kommen?«

»Ich weiß es nicht. Aber der verdammte Voodoo-Zauber scheint gewirkt zu haben – leider.«

»Ja, das hat er wohl!« hauchte sie. Glenda drehte sich von mir weg und schaute wieder auf die Scheibe gegenüber. Die Haie waren nicht mehr zu sehen, und auch von dem Zombie gab es keine Spur mehr. Er war zu einer Beute geworden.

Sie wischte über ihr Gesicht, das einen Schweißfilm aufwies. »Wer kann das nur getan haben? Woher ist er gekommen? Und ist er der einzige Zombie gewesen, der hier haust?«

»Ich habe keine Ahnung.«

»Ich bin kein Kind mehr, John. Du willst es mir nicht sagen. Das weiß ich genau.«

»Wir müssen damit rechnen, daß es nicht der einzige ist. Wahrscheinlich gehörte er zu den Voodoo-Wächtern, vor denen sich alle Menschen fürchten.«

»Ja!« flüsterte sie. »Das denke ich mittlerweile auch.«

Gemeinsam schauten wir noch einmal durch die Scheibe, aber es gab nichts Ungewöhnliches mehr zu sehen.

Nur die Fische schwammen ihre Bahnen, und die Schwingen des Rochens wirkten hoch über den Haien wie ein schwingender Teppich.

Ich drehte Glenda herum. »Komm, hier haben wir nichts mehr verloren.«

Sie war ebenfalls der Meinung, sagte aber etwas, das auch mich bedrückte. »Ich weiß ja nicht, wie er in das Hotel oder auch in das Wasser gelangt ist, aber wenn er das geschafft hat, können wir davon ausgehen, daß es auch noch andere gibt, die sich im Paradies aufhalten. Sie kommen. Sie sind nicht mehr zu halten. Das kannst du mir glauben, John.«

Ich sagte zunächst nichts und schob sie nur vor. Hier unten gefiel es mir plötzlich nicht mehr. Hier roch es nach Tod und kaltem Horror. Ich mußte wieder an den Pool denken. Bei ihm war der Grund an einer Stelle aufgebrochen worden., Wohl nicht von oben, sondern von unten. Aber wer, zum Teufel, besaß eine derartig große Kraft, um dies zu schaffen?«

Zombies eben.

Lebende Leichen, die in der Erde der Insel ihre zeitlich begrenzten Gräber gefunden hatten.

Vor uns lag jetzt die Treppe.

Sie sah aus wie immer. Jede Stufe war beleuchtet, doch diesmal kam mir das Licht wie Totenleuchten vor. Die Treppe war leer. Niemand lauerte auf uns. Glenda, die als erste einen Fuß auf die Stufe setzte, sprach mich flüsternd an. »Du hast doch eine zweite Waffe mitgenommen – oder?«

»Ja. Sie befindet sich noch im Koffer.«

»Bitte, gib sie mir.« Sie schaute mich flehend an. »Ich brauche sie unbedingt, sonst fühle ich mich nicht mehr sicher. Und Silberkugeln stoppen die Monster ja.«

»Alles klar.«

Wir atmeten beide auf, als wir die Halle erreichten. Hier wußte niemand, was sich im Keller des Baus abgespielt hatte. Dem Grauen dort unten stand hier der reine Luxus gegenüber, der in softige Musik eingepackt wurde.

Es war angenehm kühl. Es roch so frisch. Blütenduft erfüllte die Luft. In den Sesseln saßen Gäste, lasen, tranken oder relaxten.

Niemand ahnte, welches Grauen sich hinter den Fassaden des Paradieses verbarg.

Wir blieben an der Rezeption stehen, wo man uns

ansprach. »Hat es Ihnen gefallen, durch die Welt unter Wasser gehen zu können?« fragte uns einer der Portiers, der eine weiße Uniform trug und damit aussah wie ein Kapitän.

»Es war faszinierend«, antwortete ich. »Ein wirklich einschneidendes und unvergeßliches Erlebnis.«

»Es freut mich, das zu hören, Miß Perkins und Mr. Sinclair. Kann ich Ihnen sonst noch irgendwie behilflich sein?«

»Das können Sie. Schauen Sie doch bitte mal nach, ob eine Nachricht für mich eingetroffen ist.«

»Gern, einen Moment.«

Es war keine da. Ich war etwas enttäuscht, denn ich hatte mit einem Anruf von Warren Cox gerechnet. Dann würde ich eben mit ihm vom Zimmer aus telefonieren.

»Noch etwas«, sagte ich und setzte dabei ein harmloses Lächeln auf. »Wir sind noch nicht lange auf Adventure Island, aber uns wurde schon einige Male ein Begriff genannt, mit dem wir als Fremde nichts anfangen können. Möglicherweise sagt er Ihnen etwas.«

»Wie heißt er denn?«

»Voodoo-Wächter.«

Kaum hatte ich den Begriff ausgesprochen, verlor der Mann seine Beherrschung, die uns jetzt aufgesetzt vorkam. Seine dunkelbraune Haut konnte nicht bleich werden, aber wahrscheinlich wäre sie es geworden.

»Bitte?« Er ging einen Schritt zurück.

»Voodoo-Wächter!« wiederholte ich halblaut.

»Nein, nein«, sagte der Portier schnell. »Das ist nichts. Tut mir leid, ich kann Ihnen nicht helfen.«

»Schade. Aber gehört haben Sie es schon?«

»Pardon, Sir, aber ich habe zu tun.«

»Ist schon klar«, sagte ich und trat lächelnd von der

Rezeption zurück.

»Wie wissen alle was«, zischelte Glenda, als wir außer Hörweite waren und auf eine der Fahrstuhltüren zugingen. »Sie sagen es nur nicht, und das hat seinen Grund.«

»Angst. Sie haben einfach Angst.«

Damit hatte ich alles erfaßt.

Die Furcht war zu merken, wenn man nur an der Fassade kratzte. Sie lauerte wie hinter Gardinen, die noch zugezogen waren. Aber sie war dabei, allmählich aufzureißen, und dann konnte es leicht zu einer Katastrophe kommen.

Glenda Perkins hielt die Lippen aufeinandergepreßt, als sie mit mir zusammen die geräumige Kabine betrat. Sie lehnte sich an die Wand und atmete tief ein und danach noch lauter aus, wie jemand, der froh darüber ist, einen Druck loszuwerden.

Wir schwebten hoch. Es war kaum zu spüren, daß der Lift überhaupt fuhr.

Als ich auf die Uhr blickte, stellte ich fest, daß sich der Nachmittag dem Ende entgegenneigte. Der Abend würde einbrechen und damit auch die Dunkelheit, was in diesen Breiten viel schneller der Fall ist als bei uns. Da fehlte fast die Dämmerung.

Ich stieg zuerst aus der Kabine, vorsichtig und angespannt. Nein, es lauerten keine unangenehmen Überraschungen im Gang. Er war leer, aber auch sehr breit und mit Teppichen belegt. Das warme Holz der Türen schimmerte ähnlich wie das Messing der Glocken neben den Eingängen.

Mit der Chipkarte öffnete ich die Tür, blieb aber noch davor stehen und schob sie zunächst in den Raum hinein. Der erste Überblick machte mir klar, daß sich niemand dort aufhielt. Ich gab Glenda ein Zeichen, mir zu folgen, und auch sie blickte sich um, als wüßte sie von einer Gefahr.

Ich schloß die Tür. Glenda stellte sich ans Fenster. »Wolltest du mir nicht die Waffe geben?«

»Ja.«

»Wo ist sie?«

»Noch immer im Koffer, wie ich es dir sagte. Ich habe sie noch nicht in den Safe legen können.«

»Das laß auch mal bleiben.«

Der Koffer lag noch im Schlafraum. Ich ging unter dem Rundbogen hindurch, wollte den Koffer öffnen und blieb stehen, weil mir der Geruch aufgefallen war.

Er hatte seine Frische verloren. Etwas stank sogar recht erbärmlich.

Ich wollte mich zu Glenda hin umdrehen, als ich das Öffnen der Badezimmertür vernahm und zugleich einen leisen Frauenschrei hörte, der aus Glendas Mund stammte.

Blitzschnell fuhr ich herum und machte mich auf den Rückweg.

In der offenen Tür zum Bad standen zwei Personen. Eine Frau und ein Mann. Beide trugen sie die weißen Kittel des Zimmerpersonals. Das war nur Täuschung. Sie mußten sich die Kleidung irgendwo besorgt haben. Tatsächlich standen zwei lebende Leichen vor uns …

Das Touristenschiff hatte schon wieder abgelegt, und die Natur auf dem nicht so bebauten Teil der Insel konnte wieder Atem schöpfen, obwohl auch dort ein Dorf aus Buden, kleinen Imbissen, Läden und Freiluft-Bars errichtet worden war. Wer zum Strand wollte, mußte an dieser Geschäftsstraße vorbei, und wer vom Strand auf das Innere der Insel ging, ebenfalls.

Im Hintergrund baute sich die dunkle Wand des Regenwaldes auf, aus dem die Schreie und Laute der Tiere hallten wie von einem Tonband, das immer wieder von vorn zu spielen begann.

Suko hatte sich Zeit gelassen.

Ihm gefiel es, auf dem Roller die Insel zu erkunden, doch so abenteuerlich wie der Name sich anhörte, war dieses Eiland nicht.

Man hatte für eine gute Infrastruktur gesorgt, denn dem zahlenden Gast sollte es schließlich an nichts fehlen. Das große Hotel lag hinter ihm, aber es war immer zu sehen. Von jedem Fleck der Insel aus. Es war der perfekte Wächter, und von hier gingen auch die Impulse aus, wie viele meinten.

Lichter Bewuchs und Strand gingen ineinander über. Schlanke Palmen ragten in die Höhe und breiteten ihre Wedel wie Fächer aus. Sie gaben Schatten und schickten ihn auch auf einen Platz, auf dem Räder und Roller standen. Es lag etwas abseits der Verlaufsanlagen, und Suko stellte sein Gefährt dort ab. Er löste den Helm, schnallte ihn fest und lächelte vor sich hin. In der letzten Viertelstunde hatte er beinahe wieder das alte Gefühl gehabt. Damals, als er noch seine Harley besessen hatte. Das waren noch Zeiten gewesen. Suko spielte wieder mit dem Gedanken, sich eine neue Maschine zuzulegen, doch bisher war es noch nicht dazu gekommen.

Scharfe Gerüche wehten ihm entgegen. Auf den Grills lagen noch die letzten Speisen. Fisch und Fleisch wurden am meisten verlangt. Aber man konnte auch gegrillte Bananen oder Mais bekommen. Der Vielfalt waren kaum Grenzen gesetzt.

An den Souvenirbuden standen nur noch wenige Menschen. Die Insel bereitete sich für den Abend vor.

Touristenboote fuhren sie um diese Zeit nicht an.

In den Freiluft-Bars hielten sich wenige Gäste auf. Die gemixten Drinks, von flinken Händen zusammengestellt, füllten hohe Gläser, und vor allen Dingen Kinder hatten ihren Spaß bei den oft bunten Getränken. Einige spielten Fußball. Zwei übten sich darin, Kokosnüsse zu zerhacken, und Mambo-Musik durchwehte die Luft, die irgendwie stand, denn kein Wind wehte in Sukos Gesicht, der nach der Fahrt leicht schwitzte.

Eine bunte Andenkenbude mit zwei Bänken und Tischen lockte den Inspektor. Auf einem Stuhl saß Hank und wartete schon auf ihn. Jedenfalls grinste er Suko entgegen, als dieser langsam heranschlenderte.

Hank trank weißen Rum. Mit seiner Hakenhand hob er das hohe Glas geschickt an.

»Du kommst spät«, sagte er zur Begrüßung.

»Ich habe mir bewußt ein wenig Zeit gelassen.«

»Im Paradise?«

»Ja.«

»Wie gefällt es dir?«

Suko setzte sich ihm gegenüber. »Ist schwer zu sagen. Loben werde ich es in meinem Bericht bestimmt nicht. Es ist außergewöhnlich und würde eher nach Vegas passen, doch für die Insel hier ist es einfach viel zu groß. Wenn man es als Paradies bezeichnet, dann ist es ein verdammt kaltes, denke ich mal.«

Hank grinste. »Gut gesprochen. Auch noch diplomatisch. Für uns hier ist es Scheiße. Es nimmt uns alles. Oder hat uns alles genommen. Die Insel war mal ein Paradies, aber jetzt kannst du sie vergessen.«

»Wobei Paradies und Hölle oft dicht beisammen liegen«, sagte der Inspektor.

Der Hakenmann krauste die Stirn. »Wie soll ich das

denn verstehen?«

»Wie Licht und Schatten.«

»Kann sein. Ja, wie Licht und Schatten.« Er nickte vor sich hin. »Aber ich sehe nur wenig Licht. Das meiste ist schon Schatten, und die Schatten werden zunehmen.«

»Wie meinst du das?«

»So wie ich es gesagt habe.«

»Es kommt bald der Abend.«

»Auch.«

»Dann sind die Schatten da!« Suko blieb beim Thema und schaute sein Gegenüber an.

Hank lächelte. »Was meinst du damit?«

»Ich denke im übertragenen Sinne. Es gibt auch Schatten der Vergangenheit.«

»Jaaa«, erwiderte Hank gedenkt, »das ist schon richtig. Die gibt es tatsächlich.«

»Und manchmal greifen sie hinein in die Gegenwart.«

Hank lehnte sich zurück. »Auf was willst du hinaus, Bruder?«

»Ich denke da an die Schatten der Voodoo-Wächter. Verstehst du? Das ist doch die Vergangenheit.«

Hank ging darauf nicht ein. Er drehte sich um und deutete auf den Andenkenladen. »Willst du dir meine kleine Welt nicht mal anschauen?«

»Deshalb bin ich ja hier.«

Hank gab keine Antwort. Er grinste nur und Sand dann auf. Suko folgte ihm auf die Bude zu, die im Schutz der hohen Bäume stand. Der Boden war festgestampft worden, der Sand begann erst später. Zwei junge Frauen tanzten in der Nähe. Touristen umstanden sie und klatschten permanent Beifall. Vögel mit buntem Gefieder flatterten durch die Luft und schrien sich gegenseitig an. Jenseits der Bäume war der helle

Strand noch besetzt.

Da rollten die Wellen an wie von einem Motor getrieben, der nie ausging.

Es war wirklich ein Kramladen, den Hank mit seiner Frau betrieb. Sie hieß Carla, und Suko lernte sie kennen, als er den Laden fast erreicht hatte. Sie hielt dort Wache.

»Hast du Besuch oder einen Kunden, Hank?«

»Erst mal Besuch. Er schreibt über unsere Insel. Er kommt aus Hongkong, wie er sagte.«

»Die Insel ist es doch gar nicht wert!« meldete sich die Stimme. »Man hat uns durch das Hotel alles genommen.«

Suko konnte die Frau nicht sehen. Er hörte nur ihre Stimme. Sie hielt sich in der Andenkenbude auf und hatte vor sich eine Mauer aus Waren Aufgebaut.

Es war wirklich phänomenal, was sich da auf engsten Platz zusammengefunden hatte. Andenkenkitsch, Süßigkeiten, Getränke, Stoffe, T-Shirts, nachgemachte Masken, Anglerzeug. Es gab Eis zu kaufen, aber auch frische Kokosmilch. Bunte Karten standen in einem Ständer. Hüte, Tücher konnten ebenso erworben werden wie Strandgut, das angeblich alt war.

Zwischen all dem bunten Kram herrschte Hanks Frau wie eine Königin, die jetzt ihren Platz verließ und Suko zum Staunen brachte, denn er hätte nie gedacht, daß eine Person mit diesen Ausmaßen noch in der Bude Platz gefunden hätte.

»Das ist Carla, meine dritte«, stellte Hank sie vor.

Carla war ein Ereignis. Ein Körper wie eine Mama, aber vom Gesicht her noch jung. Sie hatte sich in ein buntes Kleid gehüllt, das trotzdem den mächtigen Busen nicht verbergen konnte. Er zitterte bei jedem Schritt, doch das war nicht das eigentlich Interessante an Carla.

Suko konnte seinen Blick nicht von dem noch jungen Gesicht losreißen und vor allen Dingen nicht von ihren Haaren, die auf eine ganz besondere Art und Weise frisiert waren, denn Carla hatte sich für Rasta-Zöpfe entschieden und in sie hinein zahlreiche bunte Perlen geklemmt, die bei jeder Bewegung gegeneinanderstießen und entsprechende Töne von sich gaben.

Wenn Carla kam, hörte man auch das leise Klacken. Ähnlich wie bei Lady Sarah, bei der Horror-Oma, die Ketten. Und noch etwas fiel auf. Carla hatte ihre Lippen hell geschminkt mit einem leichten Rosé. Ihre Augen blitzten, und das breite Lächeln entblößte eine weiße Zahnreihe.

»Ah, du bist also Suko.«

»Du kennst dich aus.«

»Hank hat mir von dir erzählt.«

»Nur Gutes, hoffe ich.«

Sie lachte. »Ja, immer doch. Seine Freunde sind auch meine.« Sie streckte Suko die Arme entgegen, der sich nicht sträuben konnte. Er wurde von Carla an den mächtigen Busen gezogen und nahm einen süßlichen Parfümduft wahr, der sie umwehte.

»Schön, daß du da bist.« Sie ließ ihn endlich los. »Du willst über uns schreiben?«

»Das hatte ich vor.«

»Ich hole was zu trinken.«

»Keinen Alkohol, bitte.«

Sie winkte mit ihrer Patschhand ab. »Hier wird getrunken, was ich will. Du wirst zufrieden sein.«

Suko sagte nichts und hörte Hank zu, der leise lachte. »So ist sie eben. Sie duldet keinen Widerspruch.«

»Auch nicht bei dir?«

»Nein.«

»Und du hast sie trotzdem geheiratet.«

»Ja, weil sie einfach super ist. Viele stören sich an ihrer Figur, aber ich mag sie. Sie ist jung, sie ist fest, und sie hat eine gute Seele, das ist auch wichtig. Sie würde mich nie im Stich lassen. Wer kann das als Mann heute schon von seiner Frau behaupten? Ich nicht mehr. Komm, wir setzen uns wieder hin.«

Sie nahmen am Tisch Platz. Der Himmel über den Bäumen änderte seine Farbe. Das Blau bekam mehr Intensität. Es wurde dunkler, und bald würde die Sonne ihr brennendes Rot über die Insel schicken und sie wie in Feuer tauchen.

Suko hatte nicht vor, sich hier einen gemütlichen Abend zu machen, so sehr ihn dies auch reizte. Er war gekommen, um Morde aufzuklären, und er wußte auch, daß die Welt hier nicht mehr so heil aussah, wie sie sich präsentierte. Irgendwo lauerte Gefahr. Möglicherweise auch im dichten Regenwald hinter den Palmen.

Carla kehrte zurück. Drei Gläser standen auf einem Tablett. Als sie sie abstellte, sah Suko die funkelnden Ringe an ihren Fingern. Auch in den Ohrläppchen steckten goldene Ringe, die bei jeder Bewegung schaukelten.

In den drei Gläsern befand sich eine milchige Flüssigkeit. Suko nahm an, daß es Kokossaft war. Er fragte auch danach und erhielt ein Nicken. »Ja, das ist Kokossaft«, erklärte Carla, die ebenfalls bei den Männern Platz genommen hatte.

»Es riecht aber anders.«

Carla lachte Suko an. »Ich habe ihn gewürzt, sonst kann man ihn nicht trinken.«

Sie hoben die Gläser und stießen an. Hank hielt das seine wieder mit dem Haken umfaßt, und Suko wunderte sich darüber, wie geschickt der Mann mit der ungewöhnlichen Piratenprothese umging.

Das Zeug schmeckte selbst Suko gut, der nicht eben ein Freund des Alkohols war. Hier hatte Carla ein kleines Meisterwerk vollbracht. Der Drink war nicht zu süß und auch nicht zu bitter. Erlag genau in der richtigen Geschmacksrichtung.

»Na, Mann aus Asien, wie ist er?«

»Klasse.«

»Wußte ich, daß du das sagen würdest. Zuerst sind alle mißtrauisch, dann aber staunen sie und wollen das Rezept haben, das ich ihnen natürlich nicht verrate, denn es soll einzig und allein mein Geheimnis bleiben.«

»Ist auch gut so. Hat er einen Namen?«

»Zombie!«

Suko konnte darüber nicht lachen, obwohl er die Lippen leicht verzog. »Wieso das?«

Hank gab die Antwort. »Es haut dich um, wenn du zuviel davon trinkst. Es macht dich zu einer lebenden Leiche. Da stecken vier Sorten Rum mit Kokosmilch in der Mischung. Was meinst du, wie du dich nach dem zweiten Drink schon fühlst? Da vergißt du alles um dich herum und kommst dir wie eine lebende Leiche vor. Aber einen kann man als Mann schon vertragen, und du bist ja sicherlich viel in der Welt herumgekommen, denke ich mir.«

»Das stimmt schon«, gab Suko zu.

Carla, die ihm gegenübersaß, fragte: »Worüber hast du denn schon geschrieben?«

»Über viele Länder.«

»Auch schon über die Karibik?«

»Nein, noch nicht. Das habe ich bleiben lassen. Bisher jedenfalls, aber es wird sich ändern.«

»Schreibst du dir nichts auf?« fragte sie weiter.

Suko deutete auf seinen Kopf. »Ich behalte alles hier. Später im Hotel notiere ich dann das, was ich gesehen habe. Ich habe ein gutes Gedächtnis.«

Hank räusperte sich. »Ja, vielleicht«, sagte er leise und schüttelte den Kopf. »Du magst zwar ein guter Schauspieler sein, Suko, aber ich kann dir deinen Job nicht so recht abnehmen.«

»Wieso?«

»Das ist ganz einfach wie ein Reiseschriftsteller siehst du nicht eben aus.«

Suko fühlte sich durchschaut, tat allerdings weiterhin harmlos. »Wie sieht denn deiner Meinung nach ein Schriftsteller aus? Kannst du mir einen Tip geben?«

»Nein. Ich verlasse mich da ganz und gar auf mein Gefühl. Ich bin auch viel herumgekommen. Okay, nicht jeder ist ein zweiter Papa Hemingway, aber irgendwie nehme ich dir nicht ab, daß du Berichte über Reisen schreibst.«

»Was bin ich dann?«

»Ein Schnüffler.«

»Detektiv?«

Hank schüttelte den Kopf. »Nein, auch kein normaler. Du bist etwas anderes.«

»Da bin ich gespannt.«

Der Mann mit dem Haken kniff die Augen zu Schlitzen zusammen. »Du bist auf die Insel gekommen, um etwas herauszufinden. Ich weiß, daß es Tote gegeben hat. Du weißt es ebenfalls. Erst der Mann von der Rah, dann der Typ im Becken. Du bist gekommen, um den Tod der beiden aufzuklären. Aber das ist nicht alles. Du willst das Geheimnis der Insel ergründen., Du willst erfahren, was hier wirklich abgelaufen ist.«

Suko mußte ihm recht geben. Das behielt er für sich. Er dachte auch daran, wie rasch sich Hank auf dem

Schiff zurückgezogen hatte. Da hatte ihm das Gespräch nicht gefallen, und auch jetzt zeigte sich kein Lächeln auf seinem Gesicht.

»Ich schaue mich um.«

»Klar, weiß ich, Suko. Um *was* zu entdecken?«

»Alles mögliche.«

»Suchst du Täter?«

»Wie kommst du darauf?«

»Hör auf, uns etwas vorzuspielen.« Hank schlug mit dem Haken auf die Holzplatte. »Das steht dir nicht. Du bist eher ein Sumo-Ringer als ein Schriftsteller. Wahrscheinlich stammst du aus dem Mutterland, weil man da hellhörig geworden ist, was ich allerdings auch nicht so recht begreifen, denn normalerweise lösen wir unsere Probleme allein. Ist auch egal, jedenfalls bist du hier und kannst mich nicht täuschen. Sag endlich die Wahrheit.«

Suko wollte es sich mit Hank und Carla nicht verscherzen.

Es war durchaus möglich, daß er auf ihre Hilfe angewiesen war, und deshalb nickte er.

»Danke«, sagte Hank.

»Wofür?«

»Daß du uns nicht weiterhin verarschen willst.« Hank schlug mit der normalen Hand gegen Sukos Arm.

»Von verarschen ist auch keine Rede gewesen«, sagte der Inspektor. »Ich mußte mir nur eine Tarnung zulegen, denn es ist nicht einfach, den Fall zu lösen.«

»Da hast du sicherlich recht.«

»Wollt ihr mir helfen?«

Hank und seine Frau schauten sich an. »Wenn du glaubst, daß wir den oder die Täter kennen, liegst du falsch. Uns ist nichts über sie bekannt, ehrlich. Wenn du Namen von uns hören willst, bist du an der falschen Adresse.«

»Namen vielleicht nicht, aber Hintergründe.«

»Welche meinst du denn da?«

»Voodoo. Oder Voodoo-Wächter.«

Beide schwiegen.

»Was hat das zu bedeuten?«

Auf Carlas kaffeebraunem Gesicht malten sich kleine Schweißtropfen ab. Von ihrer netten Art war nichts mehr geblieben. Sie saß dort wie ein kalter Metallbock und sagte keinen Ton. Suko hatte sogar den Eindruck, das sie zitterte und ihre Hände deshalb in den Schoß gedrückt hatte, damit Suko das Zittern nicht bemerkte.

Hank trank einen Schluck und wischte sich die Lippen ab. Er stellte das Glas wieder hart auf den Holztisch. »Fahr lieber. So schnell wie möglich. Noch an diesem Abend. Setz dich auf deinen Roller und hau ab. Das ist der beste Rat, den ich dir geben kann.«

»Vielen Dank, Hank, aber du wirst auch verstehen, daß ich mich nicht daran halten kann. Ich bin den weiten Weg nicht gekommen, um schnell wieder zu flüchten. Ich will den Fall aufklären, versteht ihr das?«

Beide schwiegen. Carla bekreuzigte sich hastig.

»Was ist los mit euch?«

»Laß die Toten ruhen!« flüsterte Hank.

»Immer vorausgesetzt, daß sie auch tot sind«, sagte Suko. »Ich kann mir vorstellen, daß nicht alle Toten tot sind. Ich trinke einen Zombie. Netter Name für einen Drink. Nur frage ich mich, wie nett es sein wird, wenn ein Zombie plötzlich vor mir steht.«

»Es gibt keine!« sagte Carla schnell. Doch ihre Angst strafte sie Lügen.

»Keine Sorge«, sagte Suko. »Ich kenne mich etwas aus. Doch, es gibt Zombies, behaupte ich. Ja, es gibt sie. Ich kenne sie. Ich habe sie gesehen, verdammt. Ich habe gegen sie gekämpft. Ich bin derjenige, der schon einige von ihnen zur Hölle geschickt hat. Es gibt die Zombies ebenso wie es die Macht des Voodoo gibt. Ihr braucht euch keine Mühe zu geben, mich vom Gegenteil überzeugen zu wollen. Ich weiß sehr genau, was ich tue und womit ich mich beschäftige.«

»Gott steh uns bei!« flüsterte Carla.

»Ist es denn so schlimm?« fragte Suko.

»Sag du was!« wandte sich Carla an ihren Mann.

»Ich ... ich ... will nicht darüber reden.«

Die beiden fürchteten sich, das sah Suko ihnen an. Auch ihm war unwohl geworden. Plötzlich kam ihm der Wind auch nicht mehr so lau vor. Er hatte sich in eine kalte Brise verwandelt, die über seinen Körper strich, wobei die Kälte mehr von innen kam.

»Bitte, Hank. Mach den Mund auf. Du kannst nicht immer unter dem Druck leben. Es hat Tote gegeben, und ich denke, daß die Mörder keine normalen Menschen gewesen sind. Waren es die Voodoo-Wächter?«

Hank saß kerzengerade. Er schaute an Suko vorbei, als er leise die Antwort gab. »Ja, es sind die verdammten Voodoo-Wächter gewesen.«

»Hank!« rief seine Frau mit schriller Stimme.

»Es ist jetzt egal.«

»Danke«, sagte Suko.

Hank lachte glucksend, bevor er fragte: »Wofür willst du dich bedanken, Freund?«

»Dafür, daß du über deinen eigenen Schatten gesprungen bist. Dafür ein Dankeschön.«

»Okay, meinetwegen. Aber ich habe Angst. Es ist wirklich schlimm, und es gibt die Voodoo-Wächter. Man hätte kein Hotel auf dieser verdammten Insel bauen sollen. Man hat die Warnungen mißachtet, aber jetzt ist es zu spät.«

»Wie meinst du das?«

»Es hat Tote geben. Und es wird noch mehr geben. Die Wächter holen sich alle. Zuerst die Fremden, danach sind wir an der Reihe. Sie wollen die Insel wieder so haben wie sie einmal gewesen ist. Vor langer, langer Zeit.«

»Wie war sie denn?«

»Anders. Klarer, reiner. Sie gehörte den Einheimischen, begreifst du das?«

»Ja und nein.«

»Hier war man glücklich. Hier hat man gelebt, und man hat auch das andere akzeptiert.«

»Wovon sprichst du, Hank?«

»Von einem Friedhof. Von einem Voodoo-Friedhof, mein Junge. Ja, davon rede ich.«

»Voodoo-Friedhof«, wiederholte Suko. »Hier?«

»Auf der Insel.«

»Wer liegt dort begraben?«

»Kannst du dir das nicht denken? Zombies liegen dort in der Erde. Lebende Tote. Hier hat man sie zur Ruhe gebettet. Die Menschen waren sich damals sicher, daß sie kein Unheil anrichten können. Das hätten sie auch nicht getan, sie waren ja tot . . .«

»Nein, untot.«

»Stimmt nicht, Suko.« Hank schüttelte den Kopf. »Sie waren tot. Man hat sie beschworen, verstehst du?«

»Nicht direkt.«

»Sie sind unter einen Bann gestellt worden. Unter einen Knochenbann. Ist etwas kompliziert, aber . . .«

»Knochenkreuze?« fragte Suko.

»Teufel, das weißt du?«

»Ja.«

»Woher? Du bist fremd. Ich glaube nicht, daß du das alles so genau kennst.«

»Keine Sorge, ich bin nicht so unbedarft. Aber das

lassen wir mal beiseite. Wenn ich dich richtig verstanden habe, so hast du von einem Friedhof gesprochen?«

»Den gibt es hier auf der Insel.«

»Und weiter?«

Er stöhnte und schaute hilfesuchend zu seiner Frau, die nichts sagte und wie versteinert wirkte. »Der Friedhof ist noch da«, sagte Hank leise und nahm einen kräftigen Schluck aus seinem Glas. Er leerte es bis auf die fest geschmolzenen Eiswürfel. »Er ist nicht einmal weit entfernt, aber er sieht nicht mehr so aus, wie er eigentlich aussehen sollte, du verstehst?«

»Sind die Gräber leer?« fragte Suko.

»Ja, das sind sie . . .«

Nach dieser Antwort lastete plötzlich eine bedrückende Stille über dem kleinen Dorf am Rande des Regenwaldes. Alle Geräusche schienen sich verflüchtigt zu haben. Suko kam sich von dieser Stille regelrecht eingepackt vor, und er traute sich in den folgenden Sekunden nicht, ein Wort zu sagen, obwohl zahlreiche Gedanken durch seinen Kopf schossen und er es nicht schaffte, sie zu ordnen.

Selbst das Schreien der Vögel war in den Hintergrund getreten, und die Luft um den kleinen Tisch herum erkaltete noch mehr, als wäre der Sensenmann als unsichtbare Gestalt dabei, die drei Personen zu umkreisen.

»Die Gräber sind also leer«, sagte Suko. Hank nickte.

»Sie sind unterwegs!« flüsterte Carla.

Suko ging nicht auf ihre Bemerkung ein. Er wandte sich an Hank. »Wie viele Gräber sind es?«

»Ich weiß es nicht.«

»Ungefähr!«

»Zehn, zwölf oder so.«

»Und der Friedhof befindet sich tatsächlich hier auf Adventure Island als Relikt aus einer anderen Zeit. Ist das so?«

»Ja, man wollte sie loswerden, hat ihnen hier die Ruhe gegeben und den Bann gesprochen. Der ist nun gelöst worden, und nur so haben sie freikommen können.«

Suko schaute in das bärtige Gesicht seines Gegenübers. »Das passierte sicherlich nicht von heute auf morgen. Kannst du mir sagen, wer sich dafür stark gemacht hat? Wer brach den Bann? Wer wollte die alten Zeiten wieder zurückkehren lassen?«

»Ich weiß es nicht. Aber ich bin es nicht gewesen. Ich weiß nicht einmal, ob jemand von der Insel es war. Aber es muß jemand gewesen sein, der eine große macht besitzt. Der die alten Voodoo-Regeln genau kennt und sie nun angewendet hat. Alle, die hier auf der Insel leben, wissen Bescheid, aber sie halten den Mund. Es ist schon schlimm genug, und sie wollen es nicht noch schlimmer machen.«

»Das ist verständlich«, sagte Suko. »Was ist mit euch? Wollt ihr nicht fliehen?«

»Wohin denn? Außerdem hassen sie nicht uns, sondern Leute wie dich. Diejenigen, die im Paradise wohnen. Sie sind die Eindringlinge. Sie leben auf dem Boden, den man den Zombies genommen hat. Es war ihre Insel, verstehst du? Und es soll auch wieder ihre Insel werden. Da kann sie niemand aufhalten.«

Suko überlegte. Es war noch nicht finster geworden. Die sommerliche Helligkeit würde sich noch eine Weile halten, und deshalb stand sein Entschluß fest. »Ich möchte den Friedhof besuchen, Hank.«

»Was?« Er starrte mich entgeistert an, und auch

seine Frau erschrak. Sie hatte in den letzten Sekunden wie erstarrt auf der Bank gesessen. Jetzt verließ ein leiser Schrei ihren Mund.

»Würdest du mir den Gefallen tun, Hank?«

»Nein«, sagte Carla schnell. »Das tut er nicht.«

»Okay, verstanden. Dann sag mir wenigstens, wie ich zu gehen habe. Ich werde allein loslaufen und ihn auch finden. Darauf kannst du dich verlassen.«

Hank schüttelte den Kopf. Er quälte sich. Die beiden berühmten Seelen kämpften in seiner Brust. Er konnte nicht mehr ruhig sitzenbleiben. Immer wieder strich er über sein Gesicht und stöhnte leise vor sich hin.

Carla legte ihm eine Hand auf die Schulter. »Bitte, Hank, du bleibst hier.«

Suko mischte sich nicht ein. Er konnte sich vorstellen, daß Hank nachdachte und dabei die Vorteile gegen die Nachteile abwog. Sicherlich ging ihm auch durch den Kopf, daß sie etwas unternehmen mußten. Man konnte den lebenden Toten nicht die gesamte Insel und die dort lebenden Menschen überlassen.

Er nickte.

»Du gehst mit?« fragte Suko.

»Ja, ich werde dir den Friedhof zeigen.«

Carla begann zu zittern. Sie sagte aber nichts, und schlug wieder ein Kreuzzeichen ...

Ich war durch das Auftauchen der beiden unheimlichen Gestalten nicht einmal so stark überrascht worden, weil ich irgendwie damit gerechnet hatte, denn wir standen auf der Liste, und sie würden alles tun, um uns auszumerzen.

Glenda hatte es stärker erwischt. Sie war es nicht gewohnt, mit Gegnern dieser Art umzugehen. Zwar hatte sie schon einiges hinter sich und war auch informiert, aber mit mir zusammen an der Front stand sie nicht so oft.

Trotzdem beherrschte sie sich und ging nur einen kleinen Schritt nach hinten.

»Die Beretta, John!« flüsterte sie mir zu.

»Liegt noch im Koffer.«

»Scheiße!«

»Kein Problem. Nimm meine.«

»Und du?«

»Ich habe noch das Kreuz!«

Wir hatten schnell gesprochen, und es war auch nicht viel Zeit vergangen. Beide Zombies standen wie Aufpasser noch in der offenen Tür und bewegten sich nicht. Sie taten auch nichts, als ich meine Beretta zog und Glenda zuwarf.

Sie fing die Pistole auf und entsicherte sie sofort. In beiden Händen hielt sie die Waffe fest. Dabei zielte sie auf die beiden Zombies. Sie war nicht locker, was man von ihr auch nicht erwarten konnte. Der plötzliche Adrenalinstoß hatte ihr den Schweiß aus den Poren getrieben, und sie zwinkerte mit den Augen, während sie die Lippen zusammengepreßt hielt.

Ich schaute mir die beiden an.

Gesichter, die keine mehr waren. Zwei verweste und riechende Schädel. Noch bedeckt mit einem dünnen Fleisch, das allerdings von Würmern und anderem in der Erde wohnenden Getier zerfressen war. Ihre Mäuler standen weit offen. Aus ihnen strömte der Gestank hervor, als wäre im Innern noch etwas dabei, allmählich zu verwesen.

Haare wuchsen kaum noch auf den braunen Köpfen. Die Augäpfel waren verschwunden. Vielleicht hatten die scharfen Schnäbel irgendwelcher Vögel sie herausgepickt. Möglich war bei diesen verdammten

Gestalten eben alles.

Ich bewegte meine rechte Hand. Das Kreuz mußte ich erst noch unter dem dünnen Hemd hervorholen. Ich hoffte, daß mir die beiden lebenden Toten die entsprechende Zeit lassen würden.

Das hatten sie nicht vor.

Die ›Frau‹ ging plötzlich einen Schritt vor. Sie war noch an ihren sekundären Geschlechtsmerkmalen zu erkennen, und sie hatte sich Glenda als Ziel ausgesucht.

»Ich schieße, John!«

»Tu das!«

Sie feuerte. Glenda hatte die Waffe dabei nicht locker gehalten, sondern leicht verkrampft, aber sie hatte auf diese Entfernung hin nicht vorbei geschossen.

Die Kugel hieb in die Brust des lebenden Toten. Wir hörten nicht nur den Knall, sondern auch den trockenen Hieb, als die Kugel einschlug. Von der Brust weg spritzte noch das Zeug, das einmal Haut und Fleisch gewesen war, doch nun war es nichts anderes als eine bräunliche Masse, die sich verteilte.

Die Untote riß beide Arme hoch. Sie war seltsam steif, als sie nach hinten flog, von der Wucht der Kugel einfach umgerissen, und sie stieß gegen ihren Artgenossen.

Der hatte sich an ihr vorbeidrücken wollen, was er jetzt nicht mehr schaffte, denn sie erwischte ihn mit einem Schlag ihres linken Arms, so daß er wieder zurück bis an den Torpfosten getrieben wurde und dort die Übersicht verlor.

Glenda lief auf ihn zu. Ich wollte sie noch stoppen, aber sie war nicht mehr zu halten. Ihre Schreie jagten durch das Zimmer, und dann preßte sie die Mündung gegen die Stirn des Untoten, so nahe hatte sie sich ihn herangewagt.

Die Gestalt riß beide Arme hoch, um sich zu wehren, aber es passierte zu spät.

Glenda hatte bereits abgedrückt und die geweihte Silberkugel in die weiche Masse des Schädels hineingejagt.

Teile des Kopfes flogen weg, und Glenda sprang rasch zurück, weil sie nicht von der stinkenden Masse getroffen werden wollte. Sie drehte sich, schaute mich an, sah das Kreuz in meiner Hand und begann heftig zu lachen.

Es war kein normales Lachen. Befreiend schon, aber auch triumphierend, denn sie hatte es geschafft, die Unholde zu vernichten, denn gegen geweihte Silberkugeln konnten die lebenden Toten nichts ausrichten.

Die Pistole hatte sie sinken lassen und starrte jetzt in das Zimmer hinein, ohne wahrzunehmen, was sich dort befand. Sie stand noch unter Schock. Erst als ich bei ihr war, schaute sie wie erwachend auf und sah mich mit flackerndem Blick an.

»Du warst super, Glenda. Du hast es geschafft. Bitte, setz dich jetzt hin.«

Das wollte sie zwar, aber sie schaffte es kaum aus eigener Kraft. So führte ich sie zu einem Sessel und drückte sie dort hinein.

Ich eilte in den Schlafraum, holte die zweite Waffe und steckte sie ein. Glenda hatte meine Beretta auf den niedrigen Tisch gelegt und die Hände vor das Gesicht geschlagen. Erst jetzt wurde ihr wohl bewußt, was sie da getan hatte.

Ich kümmerte mich um die beiden endgültig Toten. Sie lagen noch immer nahe des Bads. Der ›Mann‹ war über die Schwelle gerutscht, und ich schob ihn mit den Füßen tiefer in das Zimmer hinein, das ebenfalls den puren Luxus aufwies. Es kam mir schon krank vor, ihn mit einer derartigen Gestalt zu bestücken. Aber es ging nicht anders, und auch den zweiten Rest schob ich in das Badezimmer. Neben dem Whirlpool ließ ich sie liegen. Dann drehte ich mich weg, verließ das Bad und schloß die Tür.

Glenda saß noch immer in ihrer versteinerten Pose auf dem Sessel. Ich schenkte ihr etwas zu trinken ein und ging zu ihr.

Ich stieß sie an. Glenda ließ die Hände sinken. Sie hatte verweinte Augen bekommen. Trotzdem sah sie das Glas in meiner Hand. Ich hatte einen Schuß Whisky hineingegeben.

»Du hast es verdient, Glenda. Das ist wie Medizin.«

»Ja, danke«, flüsterte sie.

Glenda trank in kleinen Schlucken. Sie schaute nur ins Leere. Sicherlich glitten die Erinnerungen durch ihren Kopf, und schließlich flüsterte sie: »Es war irgendwie so einfach. Ich habe zweimal geschossen, und das ist es dann gewesen. So leicht kann man auch einen normalen Menschen umbringen.«

»Du hast getan, was du tun mußtest, Glenda.«

»Ja, stimmt.« Sie trank auch den letzten Rest.

Ich nahm ihr das Glas aus der Hand. Glenda ließ sich zurücksinken. Dann schaute sie zum Bad, dessen Tür ich geschlossen hatte. »Wo sind die beiden?«

»Hinter der Tür.«

»Läßt du sie dort liegen?«

»Ja, was bleibt mir anderes übrig? Wir können sie ja nicht aus dem Fenster werfen.«

»Stimmt auch«, flüsterte Glenda. »Jedenfalls sind es zwei weniger, nicht wahr?«

»Stimmt.«

Sie lächelte leicht. »Jedenfalls haben wir es geschafft, und nur das zählt. Aber wie geht es weiter? Wir stehen auf ihrer Liste. Es sind nur zwei gewesen.

Hast du eine Ahnung, wie viele dieser Geschöpfe sich noch hier herumtreiben?«

»Das habe ich leider nicht«, gab ich zu. »Aber wir müssen mit dem Schlimmsten rechnen.«

»Und das hier im Hotel«, sagte sie leise. »Warum, John? Warum überfallen sie gerade diesen Bau?«

»Das kann ich dir auch nicht sagen!« erwiderte ich. »Aber wahrscheinlich ist hier ein Nest.«

»Meinst du?«

»Ja. Durch irgendeinen Fluch sind sie befreit worden, Glenda. Ich weiß nicht, was gewesen ist, aber sie sind frei gekommen, und das paßt mir gar nicht.«

»Und sie jagen uns.«

Auch ich setzte mich jetzt. »Weil wir ihre Warnungen mißachtet haben. Denk an den Toten, der durch das Kreuz umgebracht worden ist, und an die Schlange im Koffer. Sie machen ernst.«

Glenda nahm die Beretta an sich und steckte sie in ihren Gürtel. »Werden sie das Hotel besetzen?«

»Wenn sie es nicht schon getan haben.«

»O Gott, nein, das wäre nicht auszudenken. All die Menschen, die hier wohnen. Das ist Horror hoch drei. Damit kann niemand zurechtkommen, verdammt!«

»Du sagst es.«

»Was tun wir?«

»Es ist wichtig, daß man hier Bescheid weiß. Deshalb muß ich mit dem Direktor reden. Ich hoffe, ihn noch als normalen Menschen vorzufinden.«

»Ja, das wäre gut«, stöhnte sie.

Ich stellte mich vor die Telefonanlage und schaute kurz die wählbaren Nummern durch.

Die des Direktors fand ich nicht. Dafür rief ich an der Rezeption an. Eine angenehme Frauenstimme meldete sich. Als ich ihr meinen Wunsch vortrug, zögerte die Person für einen Moment, was mir nicht gefiel, denn ich drängte darauf, den Mann zu sprechen.

»Sir, ich kann Sie verstehen, aber Mr. Lester ist im Moment nicht anwesend.«

»Ist er denn auf der Insel?«

»Sicher. Ich habe nur sein Büro damit gemeint.«

»Das ist gut. Wo kann ich ihn finden?«

»Bei den Gästen. An den Pools oder den Bars. Er unterhält sich in dieser Blauen Stunde stets mit ihnen. Das ist ein Ritual. Soll ich ihn ausrufen lassen?«

»Nein, das reicht mir schon als Auskunft. Vielen Dank.«

Als ich mich zu Glenda hindrehte, hörte ich ihre Frage. »Wie hat dein Gesprächspartner geklungen, John?«

»Normal.«

»Dann haben sie noch nichts davon bemerkt, in welcher Gefahr sie schweben?«

»So ist es.«

Sie stand auf. »Okay, John, kümmern wir uns um diesen Direktor. Wie heißt er?«

»Lester.«

Sie schüttelte sich. »Ich hätte so gern eine Dusche genommen, doch ich traue mich nicht ins Bad. Da liegen die Gestalten. Das ist mir irgendwie zuwider.«

Ich konnte sie gut verstehen. »Die eine Nacht wirst du noch durchhalten können.«

»Du glaubst, daß es dann vorbei ist?«

»Ich hoffe es.«

Sie lachte und umarmte mich. »Meine Güte, was haben wir schon alles überstanden. Da brauche ich nur an mein Leichenhemd zu denken, aber in diesem Fall ist das schon etwas anderes, John. Ich habe einfach Furcht vor den lebenden Leichen und weiß auch nicht, was das ist. Aber gerade diese Zombies machen mir Angst, weil sie einfach so schrecklich irreal sind. Für mich sind sie tot, aber das sind sie trotzdem nicht, wenn man sieht, wie sie leben.«

»Die Folge des Voodoo. Ein Keim, der meiner Ansicht nach schon vor langem gelegt worden ist. Eine böse Saat, die ausgerechnet jetzt aufging.«

»Warum ist das so?« fragte Glenda. »Warum gerade jetzt?«

»Kann ich dir nicht sagen.«

»Du denkst aber an die Vergangenheit.«

»Würde mich wundern, wenn es nicht so wäre. Da haben wir ja unsere Erfahrungen sammeln können.« Ich stieß die Luft aus. »Aber eines bereitet mir schon Sorge. Die lebenden Leichen sind nicht aus eigener Initiative aus den Gräbern gestiegen. Es ist durchaus möglich, daß System dahintersteckt.«

»Was denn?«

»Frage lieber, wer. Ein Meister. Einer, der sich mit Voodoo auskennt und sich im Hintergrund hält. Wir kennen ihn nicht, doch ich nehme an, daß er hier das Hotel und auch die Gäste haßt. Deshalb schickte er seine teuflischen Horden los und verbreitet Angst und Schrecken.«

»Und du hast keinen Verdacht, John?«

»Den habe ich leider nicht. Komm jetzt, ich will mit Mr. Lester reden. Je eher, um so besser.«

»Klar.«

Sicher konnten wir nicht sein, und deshalb benahmen wir uns auch äußerst vorsichtig. Wir öffneten die Tür nicht mit normalem Schwung, sondern nur einen Spalt und spähten zunächst in den Gang hinein, ob sich dort etwas tat.

Nein, nichts. Er war zwar nicht leer, denn ein paar Meter weiter verließ ein älteres Ehepaar das Zimmer, aber einen weiteren Zombie sahen wir nicht. Dafür hing noch dieser leichte Verwesungsgeruch in der Luft. Es konnte auch sein, daß wir ihn uns nur einbildeten.

Das Ehepaar passierte uns mit kleinen Schritten. Sie hatte sich bei ihm eingehängt, eine alte Frau, behängt mit Schmuck und Glitzer. Dazu kam die auffällige Schmetterlingsbrille, und ihr Haar hatte sie leicht violett gefärbt und hochtoupieren lassen. Eine typische Amerikanerin, wie man sie auch in den Altenghettos von Florida oft sieht.

Sie schaute uns mit leicht giftigen Blicken an, während ihr Mann uns ignorierte. Sein Kopf schützte eine weiße Baseballkappe. Er trug eine blaue kurze Hose und ein gelbes Hemd.

Glenda konnte wieder grinsen. »Zombies sind das nicht, auch wenn sie beinahe so aussehen.«

»Stimmt.«

Wir nahmen einen anderen Lift, um nach unten zu fahren. Normal konnten wir uns nicht mehr verhalten, auch nicht in der geschlossenen Kabine. Glenda schaute in die Höhe und hatte den Kopf dabei zur Seite gelegt. Sie lauschte, doch keine fremden Geräusche übertönten die weiche Musik.

Wir waren froh, den Lift verlassen zu können. Nach ein paar Schritten blieben wir in der Halle stehen, in der um diese Zeit mehr Betrieb herrschte. Zahlreiche Gäste hatten sich frisch gemacht. Vor dem Dinner nahmen sie noch den einen oder anderen Drink. Das Essen würde erst später serviert werden; man konnte auch vom Buffet wählen.

Wir traten hinaus in den prächtigen, aber eigentlich zu perfekten Garten, in dem sich nichts verändert hatte. Glenda sprach davon, wie es Suko wohl ergangen war, denn gemeldet hatte er sich bei uns nicht.

»Vielleicht hat er schon eine Spur aufgenommen.«

»Meinst du?«

»Bei ihm kann ich mir das vorstellen.«

»Und wo?«

»Bei seinem neuen Freund, dem Einarmigen.«

»Wenn er da mal nicht vom Regen in die Traufe gerät«, sagte Glenda und schwieg danach.

Noch schien die Sonne, aber es war bereits zu sehen, daß sie das Zepter der Macht bald an die Nacht abgeben würden. Sie glühte bereits auf und lag noch über dem Meer wie eine gewaltige und sehr reife Orange.

Es war ein prächtiges Bild, denn keine einzige Abendwolke hatte sich vor den Feuerkreis geschoben.

»Es ist wie im Traum«, sagte Glenda, »aber weißt du, wie ich mich richtig fühle?«

»Du wirst es mir sagen.«

»Ja, wie in einem Alptraum, der erst begonnen hat . . .«

Suko hatte von Hank erfahren, daß der Friedhof im Regenwald lag, sehr versteckt und beileibe kein Anlaufpunkt für Touristen.

Sie hätten mehr als eine halbe Stunde laufen müssen, das wollte Suko nicht. Die Zeit drängte. Er wollte zudem zurück ins Hotel und nach seinen Freunden sehen.

»Wie weit kann man hineinfahren?«

»Schon ein gutes Stück.«

»Dann nehmen wir den Roller.«

Hank fand seinen Platz auf dem Rücksitz. Suko setzte den Helm auf, nachdem der Einarmige ihn abgelehnt hatte. Carla war verschwunden. Sie hielt sich versteckt und würde in dieser Nacht das nicht weit entfernt liegende Haus nicht mehr verlassen.

Dort wollte sie Kerzen anzünden und zu den Schutzheiligen beten.

Suko verließ sich lieber auf seine Waffen. Das waren die Beretta und die Dämonenpeitsche. Beide waren für Zombies absolut vernichtend, aber noch hatten sie ihr Ziel nicht erreicht, sondern rollten auf den Regenwald zu.

Einen Weg gab es nicht. Sie fuhren über den weichen Boden hinweg, und sehr bald wurde es düsterer, weil die mächtigen Kronen der exotischen Bäume einen großen Teil des Lichts filterten.

Noch brauchten sie nicht zu Fuß zu gehen. Der Roller war stark genug, um auch feuchte Strecken zu schaffen. Bis zu einem gewissen Punkt, als es wirklich nicht mehr weiterging und sie anhalten mußten. Suko stellte den Roller an einem Baum ab. Er löste den Helm und legte ihn auf den Sitz.

Jetzt, wo das Motorengeräusch nicht mehr so stark zu hören war, hatten die Geräusche des Regenwaldes das Kommando übernommen. In den dichten Kronen tobten die Vögel. Am Boden schrien andere Tiere, und ein Grunzen war besonders deutlich zu vernehmen.

»Das sind wilde Schweine«, erklärte Hank. »Sie sind den Menschen irgendwann einmal entwischt.«

»Werden sie nicht mehr eingefangen?«

»Hin und wieder schon. Dann drehen sie sich sehr bald an irgendwelchen Spießen.«

Suko ließ Hank den Vortritt. Er kannte sich hier aus und wußte auch, wie man am besten vorankam. Hank setzte seinen Haken auch ein, um sich den Weg manchmal frei zu schaufeln.

Der Boden war nicht trocken. Feuchtigkeit hatte sich dort gesammelt und einen regelrechten Matsch aus Blättern gebildet. Begleitet wurden sie vom Schreien der Vögel, die über ihnen durch die Kronen tobten.

Sie drangen tiefer in die Wildnis ein. Vergessen war der feine Sandstrand mit dem klaren Wasser. Vergessen war auch das Luxushotel. Hier hatte die Insel noch ihre Ursprünglichkeit bewahrt.

Suko blieb seinem Führer stets auf den Fersen. Er schaute sich auch immer wachsam um. Er konnte sich durchaus vorstellen, daß plötzlich ein lebender Toter aus dem Unterholz auftauchte und sie anfiel.

Das blieb ihnen zum Glück erspart. Sie konnten ihren Weg normal fortsetzen. Aber es veränderte sich schon etwas. Nicht von der Vegetation her – sie verdichtete sich immer stärker und sorgte auch für ein diffuseres Licht –, aber es passierte etwas anderes. Die Akustik verschwand. Es waren keine Vogelstimmen mehr zu hören. Keine Schreie, die durch den dichten Wald gellten, die Ruhe kam Suko unheimlich vor, und er tippte Hank auf die Schulter.

»Was ist das?«

Der Hakenmann drehte sich um. Er zeigte ein verbissenes Grinsen. »Wir nähern uns dem alten Friedhof. Es ist ein totes Gelände, Suko. Es ist ohne Leben. Ein Ort des Grauens, der für Menschen nicht gemacht worden ist.«

»Verstehe.«

»Komm weiter.«

Irgendwie bewunderte Suko seinen Begleiter, weil Hank keine Angst zeigte. Wahrscheinlich dachte er daran, daß ein Ende mit Schrecken besser war als ein Schrecken ohne Ende.

Er ging jetzt vorsichtiger. Das Unterholz war dicht und wuchs sehr hoch. Manchmal kamen sie nicht durch und mußten es umgehen, geduckt und immer wachsam.

Noch etwas war eine Plage, die sich auch von der

Nähe des Friedhofs nicht abhalten ließ. Mücken. Myriaden von kleinen Insekten tanzten durch die Luft. Sie fühlten sich in diesem feuchtheißen Klima wohl und waren auf der Suche nach Beute. Suko hatte es längst aufgegeben, nach ihnen zu schlagen.

Als Hank stehenblieb, stoppte auch er. Der Einarmige deutete mit dem Kopf nach vorn. »Wir sind so gut wie da!« flüsterte er.

»Ich sehe nichts.«

Da hatte Suko nicht gelogen, denn sie waren von einer grünlichen Düsternis umgeben, die sich aus Licht und aus irgendwie gläsernen Schatten zusammensetzte. Für jemand, der sich nicht auskannte, war es schon schwer, einen Weg zu finden. Auch Suko, der wirklich gute Augen besaß, konnte nichts erkennen.

Hank hob seinen Hakenarm. Er fetzte ein paar fleischige Blätter damit zur Seite und sorgte so für eine bessere Sicht.

Zwischen zwei feucht schimmernden Baumstämmen mit dichter Rinde existierte eine Lücke. »Da müssen wir durch, dann sind wir da.«

»Ich gehe. Willst du bleiben?«

»Nein.«

»Gratuliere.«

»Ich will die Brut sehen. Außerdem hast du mich falsch eingeschätzt, Partner«, flüsterte Hank, »ich bin nicht begeistert darüber, was mit dieser Insel geschehen ist, beileibe nicht. Aber ein Hotel ist noch immer besser zu ertragen als ein Eiland mit lebenden Toten. Zu der Meinung bin ich gelangt.«

»Das ist auch gut so.«

»Noch eine Sache, Partner.«

»Bitte.«

»Was willst du tun, wenn uns plötzlich so eine lebende Leiche gegenübersteht, um uns zu verspeisen?«

»Ich werde sie vernichten!«

Hank sagte zunächst nichts. Dann allerdings lachte er. »Es ist komisch, Suko, aber ich glaube dir sogar. Reiseschriftsteller wolltest du sein. Gefällt dir Zombie-Killer besser?«

»In der Tat.«

»Dann werden wir weiter sehen.«

Zunächst mußten sie gehen. Es war mehr ein Schleichen, mit dem sie durch das Unterholz glitten, das überall seine verdammten Fallen aufgebaut hatte.

Sie paßten durch die Lücke zwischen den Bäumen, und einen Schritt später lag der Friedhof vor ihnen.

»Das ist er!« flüsterte Hank.

Suko sagte nichts.

Er nickte und – und staunte ...

Weiche Musik. Licht und erste Schatten verwandelten die Welt um das Hotel herum in ein Märchenland. In den Bars brannten die ersten Lichter und auch über den Pool schwebten bunte Ketten aus Licht, deren Schein die Wasserflächen zu einer Collage aus verschiedenen Farben machten, die durch die zuckenden Wellen ineinander liefen.

Die Gäste hatten sich verteilt. Sie saßen an den Bars und damit auch unter den Strohdächern. Es gab auch einige, die in den bald stattfindenden Sonnenuntergang hineinschauten, als wollten sie die rote Kugel aufhalten.

Eine künstliche Traumwelt, von der wir uns nicht beeinflussen ließen, denn wir blieben verdammt wachsam. Mit grauenhaften Überraschungen mußten wir auch hier rechnen. Wenn die Zombies alles scheuten, Menschen jedenfalls nicht. Sie waren darauf programmiert, sie zu töten und dann noch Schlimmeres mit ihnen anzustellen. Auch das hatte ich schon erlebt. Da wurden sie dann zu Ghouls.

Da wir nicht wußten, wie Mr. Lester aussah, hielten wir ein junges Mädchen an, das einen mit Tellern gefüllten Servierwagen vor sich herschob. »Wo können wir denn Mr. Lester finden, bitte schön?«

»Da müssen Sie zum Rondell gehen, Sir. Dort sitzt er und spricht mit einem Gast, denke ich.«

»Danke.«

»Gleich hier links.« Sie wies uns den richtigen Weg, den wir nahmen.

Glenda hielt meine Hand fest, als wir einen gläsernen und von innen beleuchteten Steg überschritten, der zwei Poolbecken miteinander verband. »Weißt du, daß mir nicht wohl ist?«

»Kann ich mir denken.«

»Das hängt nicht nur mit den Zombies zusammen.«

»Womit denn?«

»Keine Ahnung.«

Hyazinthenblüten säumten unseren Weg. Wir saugten den Geruch auf, der sich auch mit einem anderen mischte. Irgendwo weiter vor uns wurde im Freien gegrillt. Der Duft schwebte gegen unsere Nasen.

Das Rondell fanden wir schnell. Es war eine kleine Insel auf der Insel, umsäumt von blühenden Büschen, die aus einer dichten Wand aus Blättern hervorwuchsen. Mir fiel auf, daß es hier kaum Mücken gab. Sicherlich sorgte ein Spray dafür, daß sie nicht herumflogen.

Im Rondell standen zwei kleine Tische mit Stühlen davor. Sie waren beide aus Eisen hergestellt, und auf den Sitzflächen lagen dicke Polster. Licht strahlte weich aus versteckt angebrachten Scheinwerfern in das Rondell hinein. Es leuchtete auch die beiden Männer an, die sich gegenüber saßen. Im Hintergrund plätscherte Wasser.

Glenda blieb urplötzlich stehen. Sie schüttelte den Kopf. »John, den kennen wir doch!«

Sie meinte nicht den hellblonden Mann im ebenfalls hellen Anzug, sondern die Gestalt neben ihm.

Der Bär von Mann, in dessen Hand die Arzttasche so klein ausgesehen hatte. Es war Mason King, und er trug auch nicht mehr die gleiche Kleidung wie bei unserer ersten Begegnung. Er hatte sich umgezogen. Auf den ersten Blick wirkte er in seiner schimmernden Kutte wie ein Mönch. Über den dunklen Stoff fiel das weiche Licht hinweg und ließ ihn beinahe wertvoll aussehen.

»Der Arzt!« hauchte Glenda. »Verflixt, jetzt erinnert er mich mehr an einen Medizinmann. Was will der denn hier?«

Ich enthielt mich einer Antwort, aber ich wußte auch, daß King bestimmt nicht zu einem Plauderstündchen gekommen war. Der Bart, das runde Gesicht, die Knollennase, die schmalen Lippen, all das stimmte. Nur trug er keine Mütze mehr auf seinem Kopf. Dafür sahen wir sein Haar. Es wuchs dicht und buschig, und es sah aus wie alter, leicht angegrauter Schnee.

In meinem Kopf arbeitete es. Zahlreiche Gedanken flossen hin und her. Sie flossen auch zusammen, und sie verdichteten sich dabei zu einem bestimmten Verdacht.

Ich kam auch deshalb darauf, weil der Direktor des Hotels nicht so bei ihm saß, wie man es sich bei seinem Job vorgestellt hatte. Er wirkte wie ein Schuljunge, der von seinem Lehrer verbale Prügel bezogen hatte. Er hielt die Hände gefaltet und traute sich nicht, Mason King anzuschauen; sein Blick war zu Boden gerichtet.

Die beiden hatten uns noch nicht gesehen. Erst langsam traten wir näher und dämpften auch unsere Schritte.

Beide Körper warfen Schatten, und sie gerieten in das Licht hinein, so daß Mason King plötzlich aufmerksam wurde.

Er hob den Kopf an.

Wir blieben stehen!

King zeigte keine Überraschung. Seine Lippen verzogen sich zu einem Lächeln, und dann wedelte er locker mit der rechten Hand. »Sieh an, John Sinclair und Begleiterin. Welch eine Überraschung.«

»Die ist ganz auf unserer Seite«, sagte ich.

»Aber nehmen Sie doch Platz, denn Sie kommen wir gerufen. Es wird richtig spannend.«

Nein, das war nicht mehr der Mann, wie wir ihn kannten. Er hatte sich verändert. Von ihm strahlte eine gewisse Macht ab, die ersichtlich genoß.

Mr. Lester hatte den Kopf angehoben. Sein Gesicht zuckte. Er war noch recht jung, um die Dreißig, und in seinen Augen las ich Angst. Ich stellte Glenda und mich namentlich vor, und er murmelte auch seinen Namen.

»Donald Lester.«

»Bitte, nehmen Sie doch endlich Platz!« forderte uns Mason King auf. »Ich denke, daß es sich im Sitzen gemütlicher plaudert.«

»Danke, Doc.«

»Wie schön, Mr. Sinclair, daß Sie in mir noch den helfenden Arzt sehen. Danke.«

»Sind Sie das nicht?«

»Nicht mehr.«

Glenda und ich hatten auf zwei gepolsterten Eisenstühlen unsere Plätze gefunden. »Das müssen Sie uns erklären.«

»Keine Sorge, ich bin gleich soweit.« Er drehte sich Donald Lester zu. »Das sind die beiden Irren, die denken, sie könnten den alten Fluch und damit das Grauen aufhalten. Ich lache darüber. Ich habe sie gewarnt, aber sie hörten nicht.«

»Bitte, seien Sie ruhig.«

»Dann haben Sie den Mann mit dem Knochenkreuz getötet«, sagte ich. »Und uns auch die Schlange ins Gepäck geschmuggelt.«

»Ja, ich stehe dazu.«

»Wie nett«, sagte ich sarkastisch. »Wird man auf diese Insel immer so begrüßt?«

»Nein, nur Menschen, die sich anmaßen, etwas über Voodoo-Wächter zu wissen.«

»Darüber wissen Sie mehr, nicht?« höhnte Glenda.

»Ja, meine Liebe, ja, darüber weiß ich mehr.« Er strich über sein Haar und dann über den Bart. »Denn ich bin derjenige, dem die Voodoo-Wächter gehören.«

»Sie meinen die lebenden Leichen?«

»So ist es!«

»Hören Sie doch auf!« zischte der Direktor. »Das ... das ... ist ja unmöglich!«

»Keine Aufregung, bitte. Sie brauchen noch Ihre Nerven. Fragen Sie John Sinclair, was er davon hält. Er sieht sich ja als Experte an.«

Er brauchte mich nicht zu fragen, ich gab die Erklärung auch so. »King hat recht. Es gibt Zombies, und es gibt sie leider auch auf Ihrer Insel, Mr. Lester.«

»Wo denn? Ich ...«

»Zwei von ihnen haben wir im Hotel gesehen.«

»Was? Hier im ...«

»Ja.«

»Wo denn?«

»In unserem Zimmer«, sagte Glenda.

Das interessierte auch Mason King. Genußvoll leckte er über seine Lippen. »Und Sie leben noch?«

»Wie Sie sehen«, sagte Glenda. »Dafür gibt es Ihre verdammte Brut nicht mehr.«

Für einen Moment ärgerte er sich, und er krampfte die Hände zu Fäusten zusammen. Die Lippen zuckten, doch es drang kein Laut aus seinem Mund.

»Warum schweigen Sie?« fragte ich.

»Weil ich Ihnen glaube.«

»Danke. Es war erst der Anfang. Weitere werden folgen. Ich denke nicht, daß Sie sich auf der Siegerstraße befinden, Mr. King.«

»Das werden wir noch sehen!« zischte er uns an. »Wissen Sie eigentlich, wie viele lebende Tote ihre Gräber auf dem alten Friedhof verlassen haben?«

»Nein ...«

»Es sind zu viele!« erklärte er, ohne uns eine genaue Zahl zu nennen. »Sie werden ihren Spaß haben. Es wird dunkel, und dann werden sie ihre Verstecke verlassen.«

»Dafür sorgen Sie?« fragte ich.

»Ja.«

»Gratuliere. Wie schafft man es, Herr über so viele Zombies zu werden?«

»Indem man sich für die Kunst des Voodoo interessiert und nicht nur für die medizinische Wissenschaft. Man muß trennen, denn man darf das Alte oder die alte Kunst nicht vergessen. Aber da sage ich Ihnen wohl nichts Neues, Sinclair?«

»Nein.«

»Ich habe die Reife, ein Voodoo-Meister zu sein. Ich habe aus den alten Totenbüchern gelernt, und ich kenne jede Einzelheit der von Generation zu Generation weitergegebenen Rituale. Ich habe es gehaßt, daß diese Insel, die den Toten gehörte, bebaut wird. Ich habe Warnungen geschrieben, doch niemand hat sie beachtet. Jetzt ist es zu spät. Jetzt sind die Toten wach und werden sich das nehmen, was ihnen schon immer gehört hat.«

In den letzten zwei Minuten hatte Don Lester nichts gesagt. Er hatte nur starr auf seinem Platz gesessen und zugehört. Nach dieser Erklärung konnte er nicht mehr an sich halten. Er sprang auf und fuchtelte mit den Händen. Seine Contenance als Direktor eines Luxushotels hatte er verloren.

»Das ist Unsinn, was Sie da sagen, King. Wahnsinn! Quatsch. Alter Voodoo-Mist, mit dessen Hilfe Sie die Angst hier steigern wollen. Das kann ich nicht zulassen. Gehen Sie, King! Gehen Sie sofort. Wenn Sie nicht von allein gehen, lasse ich Sie wegschaffen!«

Mason King lächelte nur. Er blickte dabei auf seine Hände, die er gestreckt und zu einem Dach geformt hatte. Sie berührten sich an den Fingerspitzen. »Sie werden niemand finden, der mich von hier wegschaffen kann, Lester.«

»Das ist Privatbesitz. Ich habe hier zu sagen!« Lester wies auf seine Brust.

»Mich stört das nicht!«

Die Ruhe des Mannes brachte Don Lester aus dem Konzept. Er hatte sich etwas vorgenommen, war jedoch nicht in der Lage, es durchzuführen. Für ihn war die schöne Welt des Scheins zusammengebrochen. Er war völlig von der Rolle. Er wandte sich flehend an Glenda und mich.

»Bitte, Mr. Sinclair, bitte! Was sagen Sie zu den fürchterlichen Dingen? Dieser Mann ist wahnsinnig. Er hat sämtliche Grenzen verloren. Das ist nicht mehr menschlich und ...«

Ich schüttelte den Kopf, als er nicht mehr weitersprach, weil seine Stimme in einem Krächzen versank.

»Sie irren sich leider, Mr. Lester. Mason King weiß sehr genau, was er tut. Er ist nicht wahnsinnig. Er hat alles geplant.«

Donald Lester war durch meine Worte überrascht worden. Er konnte nicht anders und mußte sich setzen. »Wie?« flüsterte er. »Wieso können Sie das sagen?«

»Weil es so ist.«

»Dann glauben Sie ihm?«

»Ja, und Sie müssen ihm ebenfalls glauben, Mr. Lester. Überlegen Sie doch bitte, was alles geschehen ist. Sie haben zwei Ihrer Mitarbeiter auf spektakuläre Weise verloren. Das waren keine normale Unglücksfälle. Dahinter steckte System.«

»Wie meinen Sie?«

»Voodoo!«

Lester sagte zunächst nichts. Er drehte den Kopf und schaute Mason King an.

Der Arzt oder Voodoo-Priester saß auf seinem Stuhl. Ein breites Lächeln zeichnete sein Gesicht. Er sah sehr zufrieden aus, nur in seinen Augen glitzerte es kalt. So wie jetzt hatte er sich die Lage immer vorgestellt. Das kam ihm entgegen. Das war einfach wunderbar für ihn. Er war der Herrscher, und seine verdammte satte Zufriedenheit stieß auch mir unangenehm auf.

Um Donald Lester kümmerte er sich nicht, sondern streckte mir den Finger entgegen. »Ihr Engagement in allen Ehren, Sinclair, aber Sie sind zu spät gekommen.«

»Wie meinen Sie das?«

Er breitete die Arme aus. »Meine Freunde sind bereits unterwegs. Das kann ich Ihnen versprechen. Sie haben ihre Verstecke verlassen. Sie wollen endlich raus aus ihren Gräbern. Man hat ihnen diese Insel genommen. Sie wurden ihrer Totenruhe beraubt. Niemand hörte auf Warnungen, alles war nicht mehr existent. Man dachte nur daran, dieses Hotel zu bauen. Luxus in Potenz. Man wollte es füllen. Touristen sollten zahlen. Man baute einen Hafen, man wühlte bis auf einen kleinen Rest die Insel um, aber dieser Rest hat es in sich, Sinclair, das kann ich Ihnen hoch und heilig versichern.«

»Was genau wollen Sie?« fragte ich.

»Rache!«

»Die haben Sie gehabt.«

»Wieso?«

»Es hat schon zwei Tote gegeben.«

»Das reicht mir nicht!« erklärte er.

»Wollen Sie, daß alle Menschen hier auf der Insel sterben, die nicht gerade etwas mit Ihnen persönlich zu tun haben?«

Er nickte. »Ja, genau das ist mein Plan. Meine Freunde haben lange genug in der Erde gelegen. Jetzt werden sie sie verlassen. Jetzt werden sie eingreifen und sich das holen, was ihnen zusteht. Ich hasse es, wenn man die alten Regeln ignoriert.«

»Sie haben Glenda Perkins und mich bereits besucht ...«

Mason King unterbrach mich mit einem Lachen. »Da sehen Sie mal wieder, wie gut sie sind. Sie haben es geschafft, in das Hotel einzudringen. Sie haben es sogar von allein geschafft. Niemand hat sich ihnen in den Weg gestellt und sie aufgehalten. Alles klappte wie geplant. Und es ist auch von mir geplant worden, darauf können Sie sich verlassen, Sinclair. Nichts überlasse ich dem Zufall. Ich bekomme alles in die Reihe, darauf können Sie sich verlassen. Ich bin derjenige, der diese Insel übernehmen wird, mir gehorchen die Zombies. Ich bin ihr Meister, denn ich habe sie aus den Gräbern geholt.«

»Sie werden das Hotel also besetzen?«

»Ja!«

»Woher sind sie gekommen?«

»Aus dem Regenwald«, erklärte King mit leiser Stimme. »Von dort sind sie gekommen. Da liegen oder lagen ihre Gräber. Man hatte ihnen diesen Platz zugewiesen, aber er sollte nicht für alle Ewigkeit sein, das habe ich mir geschworen.«

Lethargisch saß der Hoteldirektor neben uns. Er hatte sein Handy hervorgeholt, doch es lag nutzlos auf seinen Knien. Er machte nicht den Eindruck, als wäre er jetzt noch in der Lage, es zu benutzen. Ständig bewegte er die Augen und durchsuchte die Umgebung, ohne jedoch eine verdächtige Bewegung zu sehen. Es blieb alles ruhig, aber sie waren da, das wußte ich genau.

Wir hörten nichts. Es war ein leichter Abendwind aufgekommen, der nicht nur mit den Blättern der Palmen spielte und das Wasser des Pools kräuselte, sondern auch mit den Leuchtgirlanden spielte und dafür sorgte, daß sich die Farben auf dem Boden ein schwankendes Stelldichein abgaben und sich miteinander vermischten.

Es war eine gewisse Unruhe entstanden, die auch uns nicht ausließ. Über die Begrenzung des Rondells hinweg fanden sie ihren Weg, wie Geister, die kurz hinschauen und sich dann wieder in ihre eigene Welt zurückzogen.

Der rote Ball der Sonne schien in die Fluten des Meeres zu tauchen. Er gab den Wellen noch einen breiten Film aus Blut.

Wir hörten das Klingen der Gläser. Die Stimmen der Gäste. Entspanntes Lachen. Niemand ahnte, welcher Schrecken auf sie lauerte. Durch meinen Kopf bewegten sich schreckliche Vorstellungen, die schlimmer als alles andere waren, das ich bisher erlebt hatte. Ich sah die Insel, die sich in ein riesiges Leichenhaus verwandelt hatte.

Übersät mit Toten, die auf fürchterliche Art und Weise umgebracht worden waren. Und über allem stand Mason King, der Voodoo-Meister, wieder aus der Hölle gefahrene Leibhaftige persönlich.

Glenda stieß mich leicht an und beugte ihr Gesicht meinem Ohr entgegen. »John, wir dürfen King nicht entkommen lassen. Er ist wichtig. Nur durch ihn können wir den Überfall stoppen. Er muß sie zurückpfeifen und wieder dorthin schicken, wo sie hergekommen sind. Etwas anderes kann ich mir nicht vorstellen.«

»Richtig, Glenda. Ich weiß nur nicht, ob das etwas bringen wird. Der Mann hat sich an seinem Plan regelrecht festgefressen. Wir packen das nicht. Es ist unmöglich, glaube mir.«

»Warum?«

»Weil man die lebenden Toten nicht mehr kontrollieren kann, wenn sie einmal freigelassen worden sind. Das ist doch unser Problem. Sie handeln selbständig.«

»Aber sie sind doch auch zu uns geschickt worden.«

»Das kann eine Ausnahme gewesen sein.«

Mason King hatte uns zugeschaut. Ob er etwas von unserem Gespräch mitbekommen hatte, wußte ich nicht. Er lächelte uns nur kalt an, bevor er sich mit einer schwerfälligen Bewegung erhob. Er stand noch nicht auf den Füßen, als er meine Frage hörte.

»Haben Sie den Polizisten am Flughafen getötet, King?«

Er strich über sein dunkles Gewand. »Ja, das bin ich

gewesen, Sinclair. Ich allein.«

»Warum haben Sie es getan?«

»Es war für Sie gedacht, das sagte ich schon.«

»Sie brachten ich mit einem Knochenkreuz um.«

Er fing an zu lachen. »Richtig. Dieses Kreuz ist ein Symbol. Es ist wie bei vielen Menschen das Zeichen des Sieges. Ich aber habe die Kreuze aus den Knochen der Opfer gefertigt, und sie bedecken auch den alten Friedhof.«

»Sie mögen Kreuze?«

»Hören Sie auf. Das ist Unsinn. Ich mag sie solange, wie sie zu mir passen.«

»Mögen Sie auch dieses hier?« Ich lenkte ihn durch meine Bewegung ab, denn ich stand ebenso auf wie er.

Auf meinen rechten Arm achtete er nicht, aber meine Hand war blitzschnell in die Tasche geglitten, und im nächsten Moment hatte ich den Talisman hervorgeholt, und wieder einen Augenblick später schaute er ihn an.

King wich zurück. Ich wußte nicht, ob es aus Angst geschehen war, aber er war schon irritiert. Das geweihte Silber leuchtete matt, und er mußte etwas von der Kraft spüren, die das Kreuz abstrahlte.

Rasch hatte er sich wieder gefangen. Er lachte. »Nein, damit jagen Sie mir keine Angst ein.«

»Aber Ihren Zombies. Es ist tödlich für sie.«

»Wie auch geweihte Kugeln!« erklärte Glenda Perkins und zog wie ein Profi die Beretta.

Mason King wurde jetzt von zwei Seiten bedroht, und genau das gab Don Lester wieder Hoffnung. Er erwachte aus seiner Lethargie und stand mit einer hektischen Bewegung auf. »Da ist unsere Chance. Ich kenne einen Raum tief unter der Erde. Dort können wir ihn einsperren. Das müssen wir sogar tun. Es ist wirklich besser, wenn ...«

King hob die Arme. »Zu spät!« rief er und lachte. Danach drehte er sich einfach um und ging weg!

»Schießen Sie, Miß Perkins! Schießen Sie doch!« Donald Lester brüllte Glenda an.

Die Mündung der Beretta wies auf den Rücken des Voodoo-Meisters, aber Glenda schüttelte den Kopf und flüsterte:

»Ich kann nicht. Ich kann ihm nicht in den Rücken schießen, verdammt noch mal.«

Lester war nicht zu halten. Er war blitzschnell bei ihr und wollte ihr die Waffe aus der Hand reißen, um es selbst zu versuchen. Beinahe hätte er es auch geschafft, weil er Glenda mit seiner Aktion überraschte.

Ich griff im letzten Moment ein. An der Schulter riß ich den Mann zurück, der taumelte und über einen Sitzplatz fiel.

Zugleich hörten wir die Stimme des Voodoo-Meisters. »Sie sind da! Sie sind überall ...« Er lachte, und das Geräusch verhallte ebenso wie seine Schritte.

Um Donald Lester kümmerten wir uns nicht. King hatte etwas Wahres gesagt. Sie waren da, und ich nahm an, daß wir sie dort finden konnten, wo er sich aufhielt ...

Glenda und ich hatten uns die große Anlage zwar am Tag angesehen, aber nicht genau kontrolliert. So wirkte sie in der Dunkelheit fremd.

Licht und Schatten teilten diese künstliche Welt ein wie in Gut und Böse. Flecken, die über den Boden tanzten und ihren Schimmer auch über das Wasser der Pools gelegt hatten. Sie waren irgendwie miteinander verbunden durch Wege, Brücken und Stege, deren Seiten ebenfalls beleuchtet waren.

Aber es gab ein Zentrum. Eine große Insel, die auf dem Wasser schwamm und nicht nur als Restaurant diente, sondern auch als Bar. Auf einem Ponton war sie aufgebaut und natürlich beleuchtet. Die Laternen standen an den Seiten wie Aufpasser. Ihr milchiger Schein fiel über die Tische und Stühle hinweg, auf denen die meisten Gäste schon ihre Plätze eingenommen hatten.

Sie ließen sich den Genuß nicht nehmen. Die ersten Aperitifs waren serviert worden. Champagner in eiskalten Gläsern. Exotische Cocktails oder einfach nur der gute Whisky oder der Rum.

Obwohl Mason King keinen zu großen Vorsprung hatte, war er nicht mehr zu sehen.

Er hatte geschickt jede Deckung ausgenutzt, aber wir waren beide der Ansicht, daß nur die schwimmende Insel in der Mitte des größten Pools sein Ziel sein konnte.

Wir standen noch an einem der Zugänge und suchten die Gegend vor uns ab. Die lebenden Leichten waren raffiniert. Auch ich war der Meinung, daß sie schon hier am Ziel waren, aber sie hielten sich perfekt versteckt. Mir fiel auch ein, daß sie sich unter Wasser bewegen konnten. Nichts würde sich bei ihnen auflösen. Alles blieb perfekt, besonders ihre Kräfte.

Das Wasser gab uns keine Antwort. Auf der Oberfläche tanzten die Wellen, die manchmal aussahen wie kleine Flammenzungen. Über uns verwandelte sich der Himmel in ein blaues Meer. Die untergegangene Sonne zeigte sich nur noch als schmaler dunkelroter Streifen am Horizont.

»Bist du sicher, daß sie die Insel erobern wollen?« fragte Glenda leise.

»Nicht hundertprozentig, aber wenn sie eine Panik

wollen, dann ist das der beste Ort.«

»Auch für King?«

»Keine Ahnung, was er vorhat. Ich nehme an, daß er ihnen die Befehle gibt. Er will nur, daß sich die Gäste hier in Sicherheit wiegen. Um so überraschender kann er zuschlagen.«

»Ich will nicht mehr länger warten und ...«

Glenda wurde unterbrochen. Wir hörten die Schritte hinter uns, auch das Keuchen, und einen Moment später sprach uns Donald Lester an. »He, was tun Sie hier? Haben Sie ihn?«

Ich drehte mich um. »Nein.«

Lester blieb stehen und verzog sein Gesicht wie ein Nußknacker. Er ließ den Mund offen, als er seine nächsten Worte hervorquälte. »Dann ist er bestimmt auf die Insel gelaufen. Wir müssen hin und ihn erschießen. Verdammt, das ist einer, der ...«

»Schießen Sie immer so leicht?« fragte Glenda.

Lester schlug gegen seine Handfläche. »Sehen Sie denn eine andere Möglichkeit? Hätten Sie geschossen, wäre alles vorbei gewesen. So aber haben wir die Scheiße, und ich habe keine Lust, durch die Hand irgendwelcher Monster zu sterben.«

»Kommen Sie mit«, sagte ich. »Aber reißen Sie sich um Himmels willen zusammen.«

»Keine Sorge, das werde ich tun.«

Wir gingen über den Steg. Die Stimmen wurden lauter. Niemand fühlte sich bedroht. Die Zombies hatten es zunächst nur auf uns abgesehen und die übrigen Gäste in Ruhe gelassen. Durch Mason King wußten sie, daß Glenda und ich die größte Gefahr für sie darstellten. Aber da gab es noch Suko, der irgendwo auf der Insel steckte, was mir überhaupt nicht gefiel.

Während wir über den Steg gingen, schaute ich immer nach rechts und links auf die Wasserfläche. Ich suchte nach irgendwelchen Schatten, die durch das Wasser glitten, um sich der Insel zu nähern.

Sie waren nicht da. Vielleicht waren sie auch zu tief eingetaucht und bewegten sich über den Grund.

»Ich muß alles räumen lassen!« flüsterte der Direktor meiner Assistentin zu. »Die Leute müssen weg von dieser Insel. Sie müssen endlich wissen, was auf sie zukommt.«

»Lassen Sie das, Mr. Lester. Noch ist nichts passiert.«

»Wie lange wollen Sie denn noch warten?«

»Halten Sie endlich Ihren Mund.«

Ich hatte mich nicht um die beiden gekümmert. Da ich vor ihnen ging, erreichte mich auch als erster der farbige Schein der kleinen Leuchten und malte mich bunt an.

Ich wollte mich nicht an einen Tisch setzen, sondern mich zunächst an der Bar aufhalten. Die Theke war aus hellen Steinen gebaut worden und glatt geschliffen. Hinter ihr taten drei Keeper Dienst. Einige Gäste saßen noch auf den bequemen Hockern, die mit Lehnen bestückt waren. Die Männer und Frauen genossen ihre Drinks, unterhielten sich und hatten Spaß miteinander.

Ich suchte Mason King.

Er war nicht zu sehen. Er schien sich in Luft aufgelöst zu haben, doch das glaubte ich keinesfalls. Er war jemand, der alles in der Hand hielt.

Im Hintergrund loderte ein Feuer. Es brannte auf einer weiteren kleinen Insel im großen Wasserbereich. Dort war die Küche untergebracht. An einem Spieß drehte sich ein Schwein, und die Kellner mußten über einen Verbindungssteg gehen, wenn sie den Gästen die Mahlzeiten brachten. Vorspeisen und Dessert konnte man von einem runden Buffet holen, das den

Mittelpunkt des Restaurants bildete. Um ihn herum verteilten sich die Tische und die Stühle.

Wir waren an die Bar getreten.

Die Keeper bekamen große Augen, als sie ihren Chef sahen und wunderten sich sicher über dessen leicht ramponierten Aufzug, denn so kannten sie ihn nicht.

Ich sah, daß Lester etwas sagen wollte, und er hatte auch schon tief Luft geholt, da spürte er den harten Griff meiner Hand an seinem Unterarm. Er stöhnte leise auf und warf mir einen schon haßerfüllten Blick zu.

»Sie machen nichts, Mr. Lester, gar nichts. Haben wir uns verstanden?«

»Sie können mir keine Vorschriften machen. Ich bin der Chef hier und werde ...«

»John, da!«

Glenda hatte mich angesprochen, aber eigentlich auch Lester gemeint. Er schaute auf das Wasser, denn dort deutete Glenda hin.

Über die leichten Wellen glitt ein Boot. Ein dunkler Nachen, in dem eine dunkle Gestalt stand und das Boot – ähnlich wie eine Gondoliere in Venedig – mit einer Stange bewegte, die er in bestimmten Abständen in das Wasser stach.

Er fuhr nur langsam. Wären nicht die bunten Lichter gewesen, er wäre in seinem Boot kaum zu sehen gewesen. Allmählich trieb er heran. Keiner der Gäste achtete auf ihn. Die Leute waren mit sich und ihrem Essen beschäftigt.

»Es geht gleich los!« sagte ich leise.

»Ein Überfall?« flüsterte Don Lester.

»So kann man es sehen.«

»Dann sind diese lebenden Toten bereit, uns ...«

»Sie sind da!« rief Glenda. Sie hatte sich nicht ablenken lassen, und sie wußte auch, wovon sie redete.

Als ersten erwischte es einen Kellner. Er hatte die zweite Kochinsel verlassen und ging mit zwei großen Silberplatten auf den Armen auf die große Insel zu.

Doch er schwankte.

Sein Blick fiel nach unten.

Die beiden Hände sah er innerhalb der Beleuchtung. Sie hatten sich über die Ränder hinweggeschoben, kratzten über die Lackschuhe hinweg und griffen dann zu.

Sie zerrten an einem Bein. Der Ober geriet ins Wanken. Was im TV möglicherweise wie eine lustige Comedy-Szene gewirkt hätte, war bei ihm zu tödlichem Ernst geworden.

Er verlor das Gleichgewicht. Die beiden Silberplatten segelten ihm von den Handflächen weg und drehten sich wie UFOs durch die Luft, bevor sie ins Wasser klatschten.

Einen Moment später fiel er.

Wir hörten ihn noch schreien, dann tauchte er bäuchlings in den Pool hinein. Das Wasser schlug über ihm zusammen. Er tauchte auch nicht wieder auf. Seine helle Jacke verschwand im Dunkel des Wassers, während er dem Grund entgegengezogen wurde.

Es war der Anfang.

Mason King selbst machte weiter. Seine Stimme hörten wir hinter unserem Rücken. »Es ist Zeit!« schrie er durch ein Megaphon. »Es ist Zeit für die lebenden Toten ...«

Suko hatte in seinem Leben schon viele Friedhöfe gesehen, dieser allerdings gehörte zu einem der ungewöhnlichsten. Nicht nur, daß er seinen Platz mitten im Regenwald gefunden hatte, er war auch nicht normal.

Gewaltige Kräfte waren am Werk gewesen und hatten den Boden regelrecht aufgewühlt. Anstelle normaler Grabsteine war jedes Grab mit einem Kreuz gekennzeichnet worden. Allerdings mit einem besonderen.

Kreuze aus Knochen!

Suko erinnerte sich daran, was ihm sein Freund John Sinclair berichtet hatte. Einer der Polizisten war durch ein Kreuz aus Knochen umgekommen. Es war ihm in die Stirn geschlagen worden, und auch hier sah er nichts anderes als die Knochenkreuze, die wie bleiche Andenken am Boden lagen oder noch in der Erde steckten, als wären sie dort von Klauen festgehalten worden.

Die Erde war nicht mit Spaten oder Schaufeln aufgewühlt worden, sondern der weiche Boden hatte Kräfte erlebt, die von unten her hochgekommen waren. Aus der Tiefe, in denen einst das Böse gelegen hatte.

Lange waren die lebenden Leichen noch nicht aus dem Boden gestiegen, denn über dem Friedhof hing noch immer widerlicher Gestank der Verwesung. Der Wind vermischte ihn mit dem Gestank der Umgebung zu einer besonderen Mixtur, die Suko so auch noch nicht wahrgenommen hatte. Hinzu kam das Zwielicht, das sich seinen Weg durch die wenigen Lücken bahnte und auf dem Grund mehr Schatten als Licht hinterließ.

Die Sonne war irgendwo im fernen Westen verschwunden. Ein noch glühender Ball, schon zur Hälfte ins Meer getaucht, um vom Wasser ausgelöscht zu werden.

Suko hörte, wie Hank stöhnte. Er schien überrascht zu sein. Mit einem derartigen Bild konnte er nicht gerechnet haben. Möglicherweise hatte er etwas geahnt, doch die Dinge jetzt als Tatsche zu sehen und akzeptieren zu müssen, das ging ihm gegen den Strich. Er trat dicht an Suko heran, wie jemand, der Schutz sucht.

»Es ist keiner mehr da. Wir sind zu spät gekommen. Wir haben es nicht geschafft. Die Toten sind stärker. Sie haben die Welt der Lebenden erreicht. Es ist nicht nur schrecklich. Es ist zugleich der Beginn der Apokalypse.«

Suko gab ihm keine Antwort. Er versuchte, die Zahl der Kreuze zu zählen. Anhand derer war leicht auszurechnen, mit wie vielen lebenden Toten man es zu tun hatte. Es gefiel ihm nicht, daß er beim ersten Überblick schon zwölf Kreuze zählte.

Hank faßte ihn an. Seine Stimme klang flüsternd und beschwörend. »Wir haben Glück gehabt, Suko, verdammtes Glück sogar. Sie sind schon weg. Keiner hat auf uns gewartet. Das genau ist unsere Chance, mein Freund. Wir können fliehen und von der Insel verschwinden, ohne daß sie es merken.«

Suko räusperte sich. »Ich will nicht weg von der Insel! Wir müssen sie stoppen.«

Hank begann bitter zu lachen. »Tut mir leid, aber du bist ein Narr. Das ist nicht zu schaffen. Unmöglich. Wir können es nicht.«

»Wo können sie sein?«

»Das liegt auf der Hand. Im Hotel. Da finden sie ihre Beute. Ich hätte auf meine Frau hören sollen, ja, das hätte ich.«

»Was hat sie denn gesagt?«

»Nichts Konkretes, aber Carla hat es gespürt. Sie hat gewußt, daß das Grauen kommt.«

»Dann müssen wir zum Hotel.«

»Nein, ich bleibe!«

»Das hatte ich dir auch vorschlagen wollen, Hank.«

»Dann bist du allein.«

»Nicht ganz.«

»Wieso?«

»Im Hotel warten zwei Freunde auf mich.«

»Auch die sind verloren.«

»Das glaube ich nicht«, sagte Suko. »Ich werde mir den Friedhof genauer anschauen. Dann werde ich zum Hotel zurückfahren.«

Hank sagte nichts mehr. Er blieb stehen wie angewachsen und hatte die Finger ineinander verschränkt. Ein einsamer Beter in einer Welt, die für ihn ihre Unschuld verloren hatte. Es war nicht so falsch, daß er von einer Apokalypse gesprochen hatte. Wenn die Toten aus den Gräbern steigen, war es wirklich nicht mehr weit bis zum Ende der Welt. Und auch Suko spürte einen Druck im Magen, wie er ihn seit seiner Ankunft auf Adventure Island noch nicht erlebt hatte.

Er ging über die weiche Erde und auch durch die Stille, denn es gab keinen Vogel, der ein schrilles Lied gepfiffen hätte. Nur seine eigenen Geräusche waren zu hören, wenn er ein- und ausatmete oder mal gegen ein Blatt stieß.

Die Kreuze hatten die Gräber bedeckt. Bleiche Knochen. Nicht alle mehr sauber. Einige von ihnen waren verschmutzt oder stark angerauht. Aber alle waren mit Stricken zusammengebunden. Suko ging davon aus, daß es nicht die Zombies gewesen waren. Sie mußten einen oder mehrere Helfer auf der Insel haben. Vielleicht sogar welche, die zum Hotel gehörten. Da war alles möglich.

Die Stille empfand er wie eine Last. Zusammen mit der feuchten Wärme drückte sie gegen ihn. Der Wind, der am Strand stets wehte, war hier nicht zu spüren. Das dichte Laub der Bäume hielt ihn auf, und Suko kam sich vor wie jemand, der durch Nebel schritt, ähnlich einem Geist.

Spuren entdeckte er genug. Leider keine konkreten. Die Erde war aufgebrochen, aufgewühlt, wie umgegraben, doch Fußabdrücke sah er nicht. So war auch nicht herauszufinden, ob die lebenden Leichen tatsächlich in Richtung Hotel gegangen waren.

Er blieb am anderen Ende stehen. Zwischen den Bäumen war es dunkel. Unterholz bildete einen Sperrgürtel. Er holte seine Lampe hervor und leuchtete so gut wie möglich in die Lücken hinein. Möglicherweise hatte er Glück und sah ein halb verwestes Gesicht, weil sich ein Zombie versteckt gehalten hatte.

Er hatte Pech.

Keiner war da.

Suko drehte sich wieder um. Auf diese Bewegung hatte Hank gewartet, denn er winkte ihm zu. »Ich will hier nicht mehr länger bleiben«, rief er mit halblauter Stimme. »Das kommt mir hier vor wie ein großes Grab. Kannst du das verstehen?«

»Keine Sorge, ich komme.«

Er ging quer über den alten Waldfriedhof zurück und bemühte sich dabei, nicht auf die Knochenkreuze zu treten. Obwohl sich kein Zombie mehr in der Nähe befand, hatte der Friedhof seinen Schrecken nicht verloren. Er lagerte hier wie die schwere Last der Erinnerung an das kurz zurückliegende Grauen.

Als er neben Hank stehenblieb, atmete dieser heftig. »Verdammt«, sagte er. »Als du fortgegangen bist, fühlte ich mich plötzlich so allein. Wie von allen verlassen. Ich will es auch noch immer nicht fassen, daß es diese Brut gibt, obwohl fast jeder auf der Insel daran glaubt. Aber wenn es soweit ist, dann sind sie alle wie vor den Kopf geschlagen. Das kann ich dir versichern.«

»Komm zum Roller.«

»Das ist das beste, das ich in den letzten Minuten gehört habe. Freiwillig gehe ich nicht mehr zurück.«

»Ist verständlich. Nur sollte man die Realität nicht aus den Augen verlieren«, sagte Suko. »Ich kenne mich etwas aus, und ich glaube fest daran, daß die Leichen nicht von allein erwacht sind und ihre Gräber verlassen haben. Irgend jemand muß sie leiten. Einer muß dafür gesorgt haben, daß sie es schaffen konnten.«

»Kann sein.«

»Hast du keinen Verdacht?«

»Nein, wie sollte ich?«

»Ganz einfach, Hank. Du kennst dich auf der Insel aus. Du weißt, was hier abläuft, wer hier wohnt und . . .«

»Alle haben Angst!« unterbrach Hank. »Alle kennen sich aus.« Er fuchtelte mit seiner Hakenhand. »Aber niemand traut sich, die Wahrheit zu sagen.«

»Es gibt sie also?«

»Klar. Wir können sie nur nicht namentlich benennen, wenn du verstehst. Ich weiß, worauf du hinauswillst. Du glaubst, daß jemand dahintersteckt, der Macht hat. Ein Chef der Voodoo-Wächter. Sozusagen ihr Meister.«

»Gut kombiniert.«

Hank lachte auf. »Das glaube ich auch, Suko. Aber ich wüßte keinen, der die Macht dazu hätte. Ich lebe ja zwischen den Insulanern. Sie alle wissen von der Macht des Voodoos. Sie glauben auch daran. Das steht fest, aber sie kennen sich nicht bei den Einzelheiten aus. Sie alle sind keine Meister. Und ich wüßte auch niemand, der das überhaupt sein könnte.«

»Schade.«

Hank hatte eine Idee. »Es muß ja nicht unbedingt jemand von dieser Insel sein. Du glaubst gar nicht, wie viele kleine und größere Inseln es hier gibt. Überall hat sich der alte Glaube noch erhalten, und um geheimen feiern sie auch die furchtbaren Feste und führen auch die Beschwörungen durch.«

Hank sprach noch weiter, und das war gut so. Suko konnte ich auf die schattenbedeckte Umgebung konzentrieren. Es war durchaus möglich, daß die Zombies nicht alle zu ihrem neuen Ziel gegangen waren und unterwegs noch lauerten.

Der Friedhof lag hinter ihnen. Die Luft war zwar besser geworden, aber nicht viel. Auf den Leichengeruch mußten sie zum Glück verzichten, aber der feuchte, dumpfe Druck war noch immer vorhanden.

Hank atmete auf, als er den Roller sah und war auch froh darüber, daß sich in seiner Umgebung nichts bewegte. Sie wirkte wie eingeschlafen, und auch der Wind hatte sich gelegt.

Suko kickte den Ständer los. Er griff nach dem Helm, setzte ihn auf und stieg auf den Roller.

Hank wartete noch. Suko ließ ihn auch in Ruhe. Es fiel ihm nur auf, daß sich Hank mehrmals umdrehte und dabei die Luft einsaugte, als wollte er schnüffeln.

»Was ist?«

Hank zuckte mit den Schultern. Mit seinem Haken beschrieb er einen Bogen. »Ich weiß es auch nicht so recht, aber ich glaube, daß dieser verdammte Geruch wieder zugenommen hat.«

»Sorry, aber ich ...«

»Vielleicht habe ich mich auch getäuscht und bin überreizt.«

»Das wird es gewesen sein. Steig auf.«

Hank kletterte auf den Sozius. Er schlang seine rechte Hand um Sukos Körper. Mücken tanzten vor ihnen in schwadendicken Wolken. Sie hörten auch wieder die Stimmen der Tiere, die ein schrilles Konzert veranstalteten.

Suko wendete den Roller. Er konnte nicht sehr schnell fahren. Immer wieder wühlten sich die Reifen in den weichen Boden, so daß er Mühe hatte, wieder vorzukommen.

Sie schaukelten auf und nieder. Bei der langsamen Fahrt war es nicht einfach für den Inspektor, den Roller zu lenken und auch in der Spur zu halten.

Um sie herum wuchs das Unterholz so hoch, daß sie so gut wie nichts sahen.

Suko schaltete das Licht ein.

Der Scheinwerferstrahl durchbrach die Finsternis wie ein breiter Eisstrahl, und Suko sah erst jetzt, was da alles in der Luft tanzte.

Der Anblick lenkte ihn ab. Deshalb merkte er auch nicht, wie Hanks Hand von seinem Körper abrutschte. Das heißt, er bemerkte es zu spät. Da hörte er bereits den Schrei und spürte auch den Aufprall.

Suko bremste. Er drehte sich auf dem Sitz, sah, was passiert war, und stellte den Roller nicht mehr auf den Ständer. Er ließ ihn fallen wie einen heißen Gegenstand.

Hank lag auf dem Boden.

Der Zombie mußte im dichten Gebüsch gelauert haben und hatte ihn blitzschnell vom Roller gerissen.

Wie die Gestalt aus einem fürchterlichen Alptraum kniete der lebende Tote auf Hanks Brust …

Der bärtige Mann wußte im ersten Augenblick nicht, wie ihm geschehen war. Zu plötzlich war die Attacke erfolgt. Aus dem in ein Zwielicht gehülltes Gebüsch waren die Totenfinger gestoßen, hatten zugepackt und ihn zu Boden gerissen. Es war alles so schnell gegangen, daß der Rollerfahrer nicht richtig hatte reagieren können.

Der Angriff, der Schrei, der Aufprall, das alles gehörte zu einem bösen Alptraum, den Hank erlebte. Er hatte sich herumwerfen wollen, was nicht mehr möglich gewesen war. Mit einer schon kaum zu fassenden Behendigkeit war der Zombie über den Boden hinweggekrochen und hatte sich auf die Brust des Mannes gesetzt, der für ihn kein Mensch mehr war, sondern nur noch Opfer.

Er sah sicherlich nicht. Dennoch hatte Hank das Gefühl, angestarrt zu werden. Aus Augenhöhlen, in denen Dreck klebte. Wirre Haare hingen am Kopf entlang nach unten. Die Gestalt bestand aus Fleischfetzen, die von irgendeinem Leim zusammengehalten wurden.

Die Gestalt sah genau so aus, wie Hank sich einen lebenden Toten immer vorgestellt hatte. Wie er in einschlägigen Büchern beschrieben wurde.

Der Zombie war kein Mensch mehr, aber er reagierte wie ein Mensch, der keine Rücksicht auf andere nahm. Seine kalten und stockigen Totenfinger suchten den Hals des Mannes. Der Unhold aus dem Grab wollte Hank erwürgen, und genau das erkannte er trotz seiner schlechten Lage. Er spürte das Gewicht auf sich. Der eklige Gestank raubte ihm beinahe den Atem, doch nicht seinen Willen, etwas gegen diesen Wahnsinn zu unternehmen. Der Zombie hielt seine Arme nicht fest, und genau das mußte Hank ausnutzen.

Für ihn war der linke Arm wichtig. Der mit dem Haken. Er hob ihn an und schlug damit einen Bogen.

Treffer!

Von der Seite her schlug das eiserne Fragezeichen in das Gesicht der untoten Gestalt. Der Haken drang durch das weiche, verweste Fleisch und hakte sich an irgendeinem Knochen fest.

Hank schrie auf. Er machte sich damit selbst Mut. Er gab sich auch die nötige Kraft, die er brauchte und zerrte das Wesen zur Seite und von sich weg.

Er kippte. Kein Laut drang über die schmutzigen und rissigen Lippen. Der Untote verspürte auch keine Schmerzen, er folgte einzig und allein den Gesetzen der Physik. Hank wußte auch, daß er ihn auf diese Art und Weise nicht vernichten konnte, aber er hatte sich schon mal aus der unmittelbaren Gefahrenzone gebracht.

Dann war Suko da.

Alles war in Sekunden abgelaufen. Suko griff sofort zu und zerrte die Gestalt von Hank weg. Der Haken riß sich los, und Suko hievte den Zombie herunter.

Er wunderte sich, wie leicht die Gestalt war, die er zur Seite wuchtete.

Der lebende Tote überrollte sich und wurde von den Zweigen eines Busches gestoppt.

Suko wartete ab. Er hatte gesehen, daß Hank nichts passiert war, und konnte sich deshalb Zeit lassen. Mit einer nahezu gelassenen Bewegung holte er seine Dämonenpeitsche hervor, und Hank, der sich keuchend aufrichtete, schaute zu, was weiterhin geschah.

Nahezu lässig schlug Suko den Kreis. Aus der Öffnung rutschten die drei Riemen nach draußen. Für einen Moment tanzten sie wie zitternde Schlangen über den Boden hinweg, glitten dann in die Höhe, als Suko zum Schlag ausholte und die Gestalt voll traf.

Kein Schrei zitterte durch den Regenwald. Die Gestalt war im Begriff gewesen, sich aufzurichten. Der Treffer hatte sie wieder zu Boden geschleudert, wo sie bäuchlings liegenblieb und zu zucken begann. Kurze Zeit später fing sein Körper an, Blasen zu werfen. Die Haut beulte sich auf. Etwas Stinkendes entstand, das noch mehr stank, als es zerplatzte. Der Rest der Haut wurde weich. Er löste sich auf, er dampfte und kochte. Der ätzende Geruch fand seinen Weg ins Unterholz, um sich dort zu verflüchtigen.

Hank saß noch immer am Boden und dachte gar nicht daran, sich zu erheben. Er hatte aus großen Augen zugeschaut. Sein Mund stand offen, obwohl er kein Wort gesagt hatte. Er konnte nur staunen und den Kopf schütteln.

Suko streckte ihm die Hand entgegen. »Los, hoch, wir haben nicht mehr viel Zeit.«

Hank blieb sitzen. »Wie hast du das gemacht?« gurgelte er hervor. »Das ist doch ...«

»Ich sagte dir, daß ich jemand bin, der sich auskennt.«

Hank faßte zu. »Ja, das habe ich gesehen. Es ist unglaublich. Ich packe das nicht. Das habe ich noch nie gesehen, verdammt. So etwas gibt es einfach nicht.«

Er stand schließlich mit zitternden Gliedern vor Suko und schaute auf die Reste der Gestalt, die ihn vor kurzem noch hatte vernichten wollen.

Der Qualm hatte sich verflüchtigt. Ein schmieriger, feuchter Rest war noch zu sehen. Er würde bald in den Humus des Erdbodens einsickern.

Suko ging schon zum Roller. Er hörte, daß Hank etwas sagte, doch er reagierte nicht. Er hob seinen Roller an, rückte den Helm zurecht und setzte sich wieder.

»Ich wollte mich doch nur bedanken«, sagte Hank und atmete dabei schwer. »Was ich da erlebt habe, kann ich nicht vergessen. Das glaubt mir keiner, und ich war mittendrin.«

»Schon gut, ich muß weiter.«

»Ich bin dabei!«

»Nein, ich . . .«

»Verdammt, wir haben es eilig!« regte sich Hank auf. »Wir können nicht bei mir vorbei. Außerdem kenne ich eine Abkürzung, die direkt zum Hotel führt.«

»Gut, einverstanden, aber halte dich zurück.«

»Glaubst du denn, daß sie zum Hotel laufen?«

»Ja, denn dort finden sie genügend Opfer. Wahrscheinlich werden sie schon dort sein.« Seine weiteren Worte gingen unter in den Startgeräuschen . . .

Das Megaphon hatte Kings Stimme um einiges verstärkt. Jeder im sichtbaren Umkreis mußte ihn gehört haben. Jetzt kam er sich wirklich vor wie ein King, der sein Volk beherrschte.

Die Gäste reagierten seltsamerweise nicht. Die meisten von ihnen waren durch den Sturz des Kellners abgelenkt worden. Einige, die nahe am Steg saßen, lachten sogar.

Mason King wiederholte seine Worte. Er schrie jetzt noch lauter. Auf dem Kahn stand er wie ein Dämon, der aus der Finsternis der Hölle langsam in die künstliche Helligkeit hineinglitt, um auch sie beherrschen zu können.

Glenda und ich standen praktisch zwischen den beiden.

Für uns war Mason King ebenso wichtig wie seine verfluchten Helfer, die aus Gräbern gekrochen waren, um die Menschen zu überfallen und zu töten.

Der Zombie, der den Ober ins Wasser gezogen hatte, tauchte wieder auf. Es war nicht zu sehen, was er mit dem Bedauernswerten gemacht hatte, jedenfalls gefiel ihm das nasse Element nicht mehr. Er hatte die Arme ausgestreckt und hielt den Steg jetzt an den

Rändern umklammert, um sich hochzustemmen.

Er schaffte es.

Es war eine Gestalt, die im prallen Sonnenlicht sicher deutlicher zu erkennen gewesen wäre, in diesem Fall wirkte sie wie ein tropfender und stinkender Schatten, der jetzt flach auf dem Steg lag, sich schüttelte wie ein Hund und sich zu erheben begann.

»Bleib du hier stehen!« rief ich Glenda zu und startete. Ich wollte auf Nummer Sicher gehen und so nahe wie möglich an den lebenden Toten herankommen.

Ich feuerte.

Die Kugel klatschte in den Schädel der halb verwesten Gestalt. Sie schleuderte die lebende Leichte wieder zurück, die nicht mehr auf den Steg fiel. Über die rechte Seite rollte sie hinweg und klatschte abermals in das Wasser. Mit einem von einer Silberkugel zerschossenen Schädel würde sie nicht mehr auftauchen und als endgültig besiegt auf der Oberfläche schwimmen.

Den Leuten war das Lachen vergangen. Sie hatten zugesehen. Vom Wasser und von der Bar her starrte man mich an. Man sah auch meine Beretta, was eine Frau dazu veranlaßte, hoch und schrill zu kreischen. Ich drehte mich zu ihr um und sah eine ältere Person, die sich an ihren Mann klammerte, der nichts tat.

Ich wußte, daß Kreischorgien dieser Art sehr leicht Nachahmer fanden. Deshalb brüllte ich sie an. »Hören Sie endlich auf, verdammt noch mal!«

Sie hielt tatsächlich den Mund.

Es war erstaunlich, daß sich die anderen Gäste noch so gut hielten. Im Hintergrund sah ich einige, die weiter aßen.

Es war wichtig, ihnen ein paar Worte zu sagen. Lester hatte mittlerweile Glenda erreicht. Er sprach gestikulierend auf sie ein und schüttelte dabei immer wieder den Kopf.

Ich blieb auf dem Steg. Bevor ich redete, wollte ich kurz die Wasserfläche absuchen. Sie war nicht mehr ruhig. Überall waren Wellen entstanden. Das Licht tanzte in farbigen Kaskaden darüber hinweg. Ich erwartete, die Köpfe der lebenden Leichen wie Korken aus dem riesigen Pool hervorschnellen zu sehen. Aber sie taten mir nicht den Gefallen und gaben keine Zielscheibe ab.

»Ladys und Gentlemen!« rief ich. »Bitte, tun Sie sich selbst den Gefallen und bleiben Sie auf Ihren Plätzen sitzen. Es ist besser für Sie, wenn Sie nicht Gefahr laufen wollen, Ihr Leben zu verlieren. Wir haben es hier mit einem Vorgang zu tun, der rational nicht zu erklären ist. Ich muß an Ihr Verständnis und an Ihre Nervenkraft appellieren und hoffe, daß der Spuk bald vorbei ist.«

»Gehört das zum Programm?« rief jemand.

Andere lachten, ich lächelte ebenfalls, allerdings bitter. »Nein, das gehört nicht zum Programm!«

»Wer ist der Kerl auf dem Kahn?«

Die Frage hatte mich auf eine Idee gebracht. Ich drehte den Kopf nach rechts und sah Dr. Mason King wie einen Schattenriß auf dem Boot stehen. Er war nicht mehr allein. Mindestens zwei seiner Helfer waren auf das Boot geklettert und flankierten ihn wie schaurige Leibwächter. Er sagte auch nichts mehr, sondern wartete ab.

Wie viele der lebenden Leichen unterwegs waren, war mir unbekannt. Allerdings konnte ich mir vorstellen, daß King nach einem bestimmten Plan vorging. Er hielt die meisten seiner Helfer zurück und hatte erst eine Vorhut ausgeschickt.

Auf dem Steg stand ich nicht gut. Er war einfach zu schmal, um einen Angriff abzuwehren. Im Wasser wollte ich auch nicht landen, da konnte es noch so angenehm temperiert sein.

Deshalb lief ich zu Glenda und Don Lester zurück. Beide hatten sich nicht vom Fleck bewegt.

Lester stand dicht vor dem Durchdrehen. Der Hoteldirektor konnte sich noch immer nicht damit abfinden, was auf ›seiner‹ Insel passiert war. Sein Gesicht war hochrot angelaufen. Er stierte mich an.

»Was ... was wollen Sie denn überhaupt? Die Menschen hier sitzen lassen, verdammt?«

»Ja!«

»Warum denn?« brüllte er.

»Weil sie trotz allem in der Masse sicherer sind. Wenn sie sich aufteilen, können sie leicht zu einer Beute der lebenden Leichen werden. Geht das nicht in Ihren Kopf hinein, verflucht?«

»Aber hier ...«

»Nichts hier. Sie bleiben in Miß Perkins Nähe, wenn Ihnen Ihr Leben etwas wert ist.«

»Und was machen Sie? Sich aus dem Staub, wie?«

»Nein!« sagte ich. »Auch wenn es so aussieht, Lester, ich werde mich nicht aus dem Staub machen. Ich werde mir diesen Mason King holen. Sind die lebenden Leichen erst mal ohne Anführer und Plan, können wir besser gegen sie vorgehen.«

Don Lester starrte mich an. Er sagte aber keinen Ton. Er verschluckte sich beinahe an seinem eigenen Speichel, zumindest deutete sein Keuchen darauf hin.

Auch Glenda war besorgt. Das entnahm ich ihrem Blick. »Nimmst du dir nicht zuviel vor, John?«

»Das glaube ich kaum. Ich brauche King.«

»Er wird dich sehen. Bestimmt ist er bewaffnet und ...«

»Ich werde tauchen.«

Glenda sagte nichts mehr. Ihr Gesichtsausdruck ließ

allerdings darauf schließen, daß sie damit auch nicht einverstanden war, aber es gab für mich keine andere Möglichkeit. Bevor sie noch eingreifen konnten, war ich wie ein Spuk verschwunden …

Der Hoteldirektor begann zu lachen und schüttelte zugleich den Kopf. »Sie wollen doch nicht sagen, daß Sie mit dieser verdammten Brut fertig werden, Miß Perkins.«

»Ich versuche es.«

»Und wie?«

»Hiermit.« Sie zeigte ihm die Beretta.

Lester wollte danach schnappen, doch Glenda wich blitzschnell zurück. »Was soll das?«

»Geben Sie die Kanone her. Ich habe früher mal auf Tontauben geschossen.«

»Ja, und ich auf Enten! Machen Sie sich nicht lächerlich, Lester. Wir müssen das jetzt durchziehen.«

»Klasse, super.« Er breitete die Arme aus. »Wo wollen Sie denn hin, verflucht?«

Eine gute Frage. Glenda hatte auch nicht vor, wie auf dem Präsentierteller zu bleiben. Zwischen die Gäste an den Tischen wollte sie sich auch nicht mischen. Als einziger Ausweg blieb eben die Bar. Dort hatten sie einige einigermaßen gute Rückendeckung.

»Kommen Sie.« Sie zerrte ihn weiter. Lester stolperte neben ihr her, in einen Bereich hinein, in dem das menschliche Leben wie erstarrt wirkte. Die drei Keeper hinter der Bar bewegten sich nicht. Sie mußten gesehen haben, was passiert war, aber sie hielten sich mit Aktivitäten völlig zurück.

Als Glenda in die Nähe des Tresens getreten war, wurde sie angesprochen. »Bitte, ist das der Anfang vom Ende? Ist das die Invasion der Toten, von der immer gesprochen wurde?«

»So ähnlich«, gab sie zurück.

»Was machen wir denn?«

»Wir werden versuchen, sie aufzuhalten.«

»Was? Lebende Leichen?«

»Reißen Sie sich zusammen.«

Don Lester konnte nicht ruhig stehen. Er ging immer wieder ein paar Schritte und dann wieder zurück. Auf seiner Stirn glänzte der kalte Schweiß, und seine Augen bewegten sich unruhig.

Es war nur eine kurze Attacke gewesen. Praktisch die Vorspeise zum grausamen Menü. Aber der Hauptgang würde folgen, und dann mußte es einfach zur Panik kommen.

Glenda schaute dorthin, wo sich King aufhielt. Er stand da nicht mehr. Mit seinem Boot war er an eine schattige Stelle geglitten. Er würde den Angriff der lebenden Leichen aus dem Hintergrund beobachten.

Lester ließ sich eine Flasche mit Rum geben. »Los, machen Sie schon!« fauchte er den Mitarbeiter an, der sich nicht sofort bewegte.

Der Mann drückte die Flasche in Lesters zitternde Hände. »Das ist die richtige Medizin für diesen Horror hier!« sprach er Glenda an.

»Ja, ja, machen Sie doch, was Sie wollen.«

Don Lester trank aus der Flasche. Danach wischte er über seine Lippen, stieß noch auf und stellte die Flasche zur Seite.

Glenda suchte die lebenden Leichen. Kein aufgewühltes Wasser. Die Wellen schwappten normal. Der Wind strich leicht über die Oberfläche hinweg.

Was ihr noch seltsamer vorkam, war das Verhalten der Gäste. Sie aßen tatsächlich weiter. Entweder war ihnen die Gefahr nicht bewußt, in der sie schwebten, oder sie waren so dekadent, daß sie das alles nicht interessierte, was sich in ihrer Umgebung tat.

Auch an der Bar war es still geworden. Glenda hörte das leise Plätschern der Wellen. Irgend jemand hatte die Musik ausgestellt. Kein Ton unterbrach mehr die Stille.

Über der Anlage lag einer der schönsten Tropenhimmel, den man sich denken konnte. So herrlich dunkelblau, übersät mit einer Masse von Sternen, und der abnehmende Mond sah aus wie ein bleiches Stück Metall, das jemand in den Himmel geschossen hatte.

»Wo ... bleiben Sie denn?« fragte Lester mit unsicher klingender Stimme. Er hatte inzwischen weiter Rum getrunken, und der Alkohol zeigte Wirkung.

»Seien Sie froh, daß sie noch nicht hier sind.«

Er lachte nur. »Ich werde ihnen den Hals umdrehen, das schwöre ich. Ja, verdammt, das tue ich. Ich ... ich ... drehe ihnen die Hälse um und warte schon darauf, daß ich es knacken höre.«

Glenda gab keine Antwort. Sie wandte der Bar den Rücken zu und näherte sich wieder dem Steg. Ihr Blick galt der schwimmenden Plattform, auf der die Gäste saßen. Ihre Ruhe war vorbei. Allmählich merkten sie, daß es hier nicht so lief wie vorgesehen. Niemand räumte ab, kein Hauptgang wurde serviert, und die Unruhe griff langsam um sich. Was sie sagten, bekam Glenda nicht mit, doch es hörte sich nicht eben freundlich und sanft an.

Das Wasser war wichtig. Es war dunkel. Es konnte für eine halbe Armee von Untoten als Versteck dienen. Über den Grund kriechen und dann urplötzlich erscheinen, so würden sie es wahrscheinlich machen. Von Mason King sah sie ebensowenig etwas wie von John Sinclair.

Das Plätschern gefiel ihr gar nicht. Irgendwo in ihrer Nähe klang es auf. Glenda blickte auf das Wasser, ohne etwas erkennen zu können. Sie mußte sich noch weiter nach vorn bewegen – und starrte entsetzt.

Sie waren da, und sie hatten den günstigsten Zeitpunkt abgewartet. Unter Wasser hatte sich die Brut genähert. Die Untoten waren so tief geglitten, daß sie nicht hatten gesehen werden können, aber sie standen dicht vor dem Ziel.

Es war ihnen gelungen, die Restaurantinsel zu umstellen. Sie blieben nicht mehr im Wasser. Wie auf einen geheimen Befehl hin tauchten sie auf und streckten ihre verwesten oder halb verwesten Arme in die Höhe. Es war furchtbar und kaum zu glauben, daß sich diese Wesen auch bewegen konnten.

Sie klammerten sich an den Rändern des Pontons fest. Nasse Körper schoben sich höher. Sie wollten das Ponton erklettern, um so nahe wie möglich bei den potentiellen Opfern zu sein.

Glendas Herz schlug rasend schnell. Alles war plötzlich anders geworden. Sie ging noch einen Schritt weiter, dann einen zweiten. Trotz der Beretta kam sie sich wehrlos vor, denn gegen diese Masse würde sie kaum ankommen.

Als sie das Geräusch an ihren Füßen hörte, war es schon zu spät. Da waren die Totenhände kurz nur über den Boden gekratzt. Glenda schaute hin.

Erkennen und handeln war praktisch eins. Sie senkte die Waffe und wollte eine Kugel in den häßlichen Schädel schießen, als es sie erwischte. Die zupackenden Hände waren schneller. Glenda spürte noch für einen Moment die Umklammerung, dann erfolgte der Zug nach vorn.

Plötzlich lag sie schräg in der Luft. Das tanzende bunte Wellenmuster kam immer näher, und kurze Zeit später tauchte sie in die warme Flut ...

Ich hatte mich zwar aus dem Staub gemacht, allerdings nicht, um verschwinden zu können. Ich wollte einen möglichst günstigen Ort finden, um mich ins Wasser gleiten zu lassen. Unter Wasser so nahe an das Boot heranzuschwimmen, mir Mason King packen und dann . . .

Ja, wenn alles so leicht wäre. Aber ich mußte mit Schwierigkeiten rechnen, denn einer wie King gab nicht so leicht auf. Zombies begegneten mir bei meiner Suche nicht.

Ich lief geduckt, hatte meine Blicke überall – und sah den Schatten trotzdem zu spät. Jemand hielt mich an der Schulter fest, zog mich herum. Ich war schon im Begriff, einen Schlag anzusetzen, als mir das Flüstern ins Gesicht wehte.

»Keine Panik, John!«

»Suko!« Ich sprach den Namen aus. Er klang wie ein Schrei der Erleichterung.

»John, ich war auf dem Friedhof und . . .«

Im Hintergrund sah ich einen Mann stehen, den ich nicht kannte.

Alles, was Suko mir jetzt sagen wollte, war unwichtig, und das machte ich ihm klar.

»Sie sind hier. Zusammen mit ihrem Anführer. Er steht auf einem Boot. Ich will ihn mir holen.«

»Wer ist es?«

»Mason King!«

»Was? Der Doc?« rief der Mann aus dem Hintergrund und kam jetzt näher. Ich sah, daß er anstelle der linken Hand einen Haken trug und wie ein Pirat der Karibik wirkte.

»Ja, der Arzt!«

Lange Erklärungen wollte ich nicht geben. In kurzen Worten sagte ich meinem Freund, was hier passiert war und wo sich Glenda aufhielt.

»Okay, ich bin dann bei ihr. »Glaubst du denn, daß

die Gäste überfallen werden?«

»Ja, sie werden hier ein Gemetzel hinterlassen, wenn wir nicht schnell genug sind.«

»Es sind verdammt viele. Mehr als ein Dutzend.«

»Ja, ich weiß.«

»Okay, ich verschwinde.«

Wir trennten uns, und mir war ein Stein vom Herzen gefallen, Suko getroffen zu haben.

Um den eigentlichen Restaurantbereich herum schlug ich einen Bogen. Stimmen hörte ich ebenfalls, konnte aber nicht sehen, wer sprach, weil sich die Personen hinter einer Hecke aufhielten, aus der mir Blütengeruch entgegenströmte.

Zwischen der Hecke und der nächsten Lichtinsel hatte sich ein Schatten festgesetzt. Zu meinem Glück dicht am Wasser, so bot er auch mir Deckung. Für mich war es auch ein relativ günstiger Startplatz, obwohl ich Mason King nicht sah. Er hatte sich mit seinen Helfern und dem verdammten Boot zurückgezogen.

Ich glitt in das Wasser. Es war wunderbar warm. Ausgezogen hatte ich mich nicht, das dünne Jackett würde nicht weiter stören. Und ich war überrascht, wie wenig tief es hier war, denn ich konnte sogar normal gehen; das Wasser schwappte nur gegen meine Brust. Die Füße wühlten auch nicht im Schlamm. In dieser Unterwasserwelt wurde alles sehr sauber gehalten.

Ich bewegte mich in die Richtung weiter, in der ich King zuletzt gesehen hatte. Auch dort war es schattig. Es konnte durchaus sein, daß er sich genau in dieser Ecke zurückgezogen hatte.

Dann hörte ich das Plätschern. Es klang anders als der normale Wellenschlag. Es war von vorn gekommen. Ich blieb stehen und schaute über die Wasseroberfläche hinweg.

Er war noch da, ich sah ihn ...

Wie ein Schatten schob er sich aus dem Dunkel hervor und glitt über das Wasser hinweg. Der Nachen oder das Boot verursachten kaum Geräusche. Und wenn er die Stange auftauchte, dann war ebenfalls so gut wie nichts zu hören.

Er war der Mann im Hintergrund, der auch aus dem Hintergrund zuschlagen würde.

Ich tauchte ab.

Sehr vorsichtig, sehr langsam, so geräuschlos wie möglich. Seine beiden Zombies hielten sich ebenfalls auf dem Boot auf und flankierten ihn wie Leibwächter.

Ich wußte, wo er hinglitt, und ich glitt ihm unter Wasser entgegen ...

Es war genau das eingetreten, was Glenda Perkins unter allen Umständen hatte vermeiden wollen. Sie lag im Wasser. Sie wußte, daß zumindest ein lebender Toter sich in ihrer Nähe aufhielt, um sie als Beute zu holen.

Sofort nach dem Eintauchen war Glenda weggesackt. Das Wasser war schwarz wie Tinte. Sie sah nicht einmal Umrisse, obwohl sie die Augen weit offenhielt.

Um sie herum ballte sich die dichte Dunkelheit zusammen, die ihr keine Chance gab.

Etwas packte sie.

Es waren die Totenklauen, die verhindern wollten, daß Glenda in die Höhe kam. Sie sollte ertrinken.

Für sie war es eine schlimme Vorstellung, die all ihre Kräfte mobilisierte. Mit einem Ruck drehte sich Glenda zur Seite. Sie zwang sich auch dazu, nicht den Mund zu öffnen, und sie merkte dann, wie die Hände von ihr abglitten, denn die Gestalt hatte noch nicht zu hart zugegriffen.

Der Zombie griff sofort nach.

Vor sich sah Glenda den Schatten. Es mochten der Kopf und ein Teil des Oberkörpers sein. In einer Reflexhandlung riß sie den rechten Arm in die Höhe. Die Beretta hielt sie noch fest, und sie wollte das Metall gegen den Schädel hämmern.

Das hätte in der freien Luft gut geklappt. Nicht aber im Wasser, das ihrer Bewegung Widerstand entgegensetzte und sie regelrecht stoppte. Dennoch erwischte sie das Gesicht.

Viel brachte es nicht, aber es reichte ihr aus, um wieder in die Höhe zu kommen. Die Oberfläche befand sich dicht über ihrem Kopf, den sie einen Moment später aus dem Wasser stieß, den Mund aufriß und endlich die so wichtige Luft einatmete.

Das Wasser rann über ihre Augen, nahm ihr die Sicht, und so sah sie den Steg nur verschwommen vor sich. Da Glenda beide Hände brauchte, um sich abzustützen, legte sie die Waffe auf den Steg, stemmte sich mit den Ellenbogen auf die harte Fläche und hatte ihre Gedanken so gut wie ausgeschaltet. Jetzt zählte einzig und allein der Überlebenswille, und der peitschte sie voran.

Bis zu dem Zeitpunkt, als zwei Arme ihre Hüften umklammerten. Hinter ihr war der Zombie aus dem Wasser gestiegen, und der Moment des Greifens sorgte bei Glenda für einen Schock.

Auf einmal war es ihr unmöglich, sich zu bewegen. Sie hin in diesem verdammten Griff fest.

Die Waffe lag in der Nähe. Glenda brauchte nur hinzufassen, was nicht möglich war, denn der Zombie zerrte sie weg. Ihre Hände rutschten vom Steg ab, klatschten zurück in das Wasser. Zusätzlich bekam sie noch mit, wie eine Hand erschien und nach ihrer Beretta griff.

Die Hand hob die Waffe an, senkte sie, richtete sie auf Glendas Kopf – und schoß!

Es war alles so schnell gegangen, daß Glenda keine Sekunde daran gedacht hatte, wie nahe der Tod vor ihr gestanden hatte. Sie hatte noch das Mündungslicht gesehen und mit ihrem Leben abgeschlossen. Aber die Kugel hatte nicht so getroffen. Hautnah war sie an ihrem Kopf vorbeigefahren. Sogar den Lufthauch hatte Glenda noch gespürt. Und sie war auch nicht in das Wasser eingeschlagen, sondern in das Ziel dicht hinter ihr.

Glenda Perkins wurde bewußt, daß sie noch lebte und sich bewegen konnte. Der Untote war an ihrem Rücken wie eine schwere Last nach unten gerutscht.

Dann tauchte die Hand auf, der Kopf mit dem lächelnden Gesicht, und eine ihr wohlbekannte Stimme fragte mit leiser Stimme: »Willst du weiterhin baden?«

»Suko ...«

»Komm hoch!«

Glenda ließ sich aufs Trockene ziehen. War nicht mehr fähig, ein Wort zu sagen. Tropfnaß, atemlos, schwankend, stand sie auf der Stelle und schnappte nach Luft.

Suko schaute an ihr vorbei auf das Wasser. Er hatte den Zombie perfekt getroffen. Die Kugel war in den widerlichen Schädel hineingejagt und hatte sein Dasein zerstört. Jetzt glitt er wie ein Stück Treibholz über das Wasser hinweg.

Er gab Glenda die Waffe zurück.

»Suko, hier ist die Hölle los. Ich kann dir nicht

sagen, was ...«

Er zog sie weg. Glenda erkannte Sekunden später den Grund. Sie hörte das Schreien der Gäste auf dem Ponton, und sie sah, wie die lebenden Leichen aus dem Wasser kletterten, um in die Masse der Leute hineinzudrängen.

Es waren nur drei.

Doch die reichten auch ...

Ich hatte tief Atem geholt und war unter Wasser so behutsam wie möglich weitergeglitten. Wenn mich Mason King zu früh bemerkte, war mein Plan gescheitert. So konnte ich noch hoffen, an ihn heranzukommen und ihn vom Boot zu stoßen.

Nach einigen Metern schwamm ich nicht mehr weiter, sondern blieb stehen. An der linken Seite bewegte sich der Schatten des Boots entlang. Er war gar nicht mal so weit weg. Beinahe hätte ich ihn schon mit dem ausgestreckten Arm erwischt. Ich ließ mir noch Zeit und sah, wie der Schatten langsam an mir vorbeiglitt. Das ließ ich auch zu. Bevor er richtig verschwunden war, tauchte ich wieder so weit auf, daß ich über die tanzenden Wellen hinwegschauen konnte.

Vor mir befand sich das Heck.

Mason King stand im Boot. Er hielt die lange Ruderstange in der rechten Hand. Ab und zu stakte er sie ins Wasser. Neben ihm kauerten die beiden Untoten.

Auch sie sahen mich nicht. Ich ging nicht mehr weiter, sondern schwamm so leise wie möglich hinter ihnen her. Sie drehten sich nicht um, denn für sie war wichtig, was sich auf der erleuchteten Restaurantinsel abspielte.

Die Schreie drangen auch an meine Ohren, aber ich

sah nicht, was dort passierte. Die Zombies mußten die Insel bereits erreicht haben, und ich zuckte leicht zusammen, als ich einen Schuß hörte. Dem Klang nach war er aus einer Beretta abgegeben worden.

Mason King fluchte ärgerlich. Das wiederum machte mir Hoffnung.

Ich schwamm schneller an das wegtreibende Boot heran, streckte mich und griff zu.

Mit einer Hand bekam ich das Heck zu fassen. Ich zog mich praktisch auf das Boot zu und stoppte es zugleich. Es geriet zudem ins Schwanken.

Mason King schrie wütend auf.

Er drehte sich um.

Die Zombies taten es ihm gleich.

Wenn sie sehen konnten, dann sahen sie einen Mann, der sich mit der linken Hand und auch dem Ellenbogen am Rand des Bootes festklammerte und in der anderen eine Waffe hielt.

»Zerreißt ihn!«brüllte Mason King ...

Ich hatte den Befehl gehört. Das war die eine Seite. Die andere war, daß meine Waffe auch schoß, wenn sie naß geworden war. Diesen Umstand nutzte ich aus. Ich wunderte mich über mich selbst, wie ruhig ich die Sache anging.

Zuerst zielte ich auf den rechten der beiden Zombies, feuerte, und sah, wie die Kugel in seine Brust einschlug. Das geweihte Silber würde mit seiner zerstörerischen Kraft beginnen, aber zunächst schleuderte ihn der Aufprall zurück und auch zur Seite.

Dort gab es keinen Halt mehr.

Er klatschte in das Wasser.

In das Geräusch mischte sich der zweite Schußknall. Diesmal erwischte die Silberkugel den Kopf der

Gestalt. Ich hatte bewußt etwas höher gehalten.

Der Untote führte so etwas auf wie ein Tänzchen. Doch der ›Mambo Number Five‹ wurde es nicht. Auf der Stelle brach er in die Knie, ohne jedoch über Bord zu fallen. Er bewegte den Kopf noch nickend nach vorn, als wollte er sich bei mir bedanken.

Mason King hatte gesehen, was da passiert war. Er wollte es nicht wahrhaben, zwei Kugeln hatten gereicht, um sie zu vernichten. Da mußte für ihn eine Welt zusammengebrochen sein.

Was in der weiteren Umgebung passierte, interessierte ihn nicht mehr. In mir hatte er jetzt den Gegner erkannt, und ich hing noch immer am Heck und ließ mich nicht abschütteln. Ich wollte auch nicht auf das Boot und tat das, was bei manchen Leuten zu Wasserspielen gehörte. Ich wuchtete es mal zur rechten und dann zur linken Seite und brachte ihm so die gefährlichen Schlagseiten bei. Für Mason King war es unmöglich, sich zu halten.

Aber er gab nicht auf.

Plötzlich riß er die Stange hoch. Er hielt sie mit beiden Händen umklammert, wuchtete sie hoch und wollte sie dann nach unten stoßen, um mich unter Wasser zu drücken.

Sie raste wie ein Speer auf mich zu, nur daß sie an ihrem Ende nicht spitz war.

Ich ließ im richtigen Moment das Boot los und warf mich zur Seite. Wasser spritzte empor, aber die verdammte Stange hatte mich zum Glück verfehlt.

Wieder holte der Mann aus.

Ich schwamm unter das Boot. Als er zustach, erwischte er mich am Fuß. Das Ding schrammte über den rechten Knöchel hinweg, aber das war auch alles, was passierte.

Ich griff wieder an.

Diesmal wuchtete ich mich hoch. Mit der Schulter rammte ich den Kiel des Boots.

Diesmal trat dasein, was ich wollte.

Mason King verlor den Halt. In hohem Bogen flog er über Bord und tauchte nicht weit von mir entfernt ein ...

Glenda kümmerte sich nicht darum, daß sie naß bis auf die Haut geworden war. Es ging jetzt darum, die Menschen zu retten. Daß es keinem Zombie gelang, auch nur einem von ihnen das Leben zu nehmen.

Sie blieb an Sukos Seite, und beide hetzten mit langen Schritten über den Steg. Sie mußten das schwimmende Restaurant erreichen und sich zwischen die panikerfüllten Menschen mischen.

Stühle lagen auf dem Boden. Tische waren ebenfalls umgeräumt worden. Die Speisen lagen auf dem Boden, bildeten zusammen mit dem Porzellan einen rechten Rutschmatsch, auf dem die Gäste auch ausglitten, wenn sie sich hastig bewegten.

Das alles sah beinahe lustig aus, auch wenn es nicht lustig war. Nur drei Untote waren aus dem Wasser gestiegen, aber auch sie konnten das Grauen bringen.

Suko brachte das Kunststück fertig, noch beim Laufen die Dämonenpeitsche zu ziehen und den Kreis zu schlagen, so daß die Waffe einsatzbereit war.

Glenda wäre ebenfalls beinahe ausgerutscht. Sie konnte sich fangen und schlitterte über den Boden des Pontons. Die bunten Lichter der Girlanden tanzten wie verrückt und gaben der Szenerie einen bunten Lichterglanz.

Glenda hatte eine Stütze gefunden. Es war der Rücken einer korpulenten Frau, die sich bereits im Griff eines Zombies befand. Seine Krallen hatten einen Teil ihrer hellen Kleidung zerfetzt und schon blutige Streifen auf der Haut hinterlassen.

Die Frau schrie in den allerhöchsten Tönen, aber sie hatte Glenda unbewußt einen Gefallen getan.

An der linken Schulter klammerte sich Glenda fest, an der rechten zielte sie vorbei.

Die Kugel erwischte das halb verweste Gesicht des Zombies. Er riß die Reste auf, so daß die Fetzen um die Ohren der Frau flogen, die plötzlich die Gestalt los war.

Was mit dem Zombie passierte, interessierte Glenda nicht. Sie war froh über ihren Teilsieg, doch damit war noch nicht alles zu Ende. Es gab andere, die erledigt werden mußten, und sie bahnte sich ihren Weg.

Einmal sah sie Suko. Er hatte sich einem Pulk von Gästen genähert, die von einem Untoten in die Enge gedrängt worden waren und ihre Rücken gegen das Geländer gedrückt hatten.

Sie kamen nicht weg. Der Zombie, obwohl nur ein einzelner, hielt sie allein durch sein Aussehen im Zaum.

Suko war da und schlug zu.

Die drei Riemen fegten um den Kopf der Gestalt und zertrümmerten ihn. Der Zombie schrie nicht. Er flog beinahe in mehreren Fetzen weg und landete schließlich auf dem Boden zwischen Essensresten und zerstörtem Porzellan.

Glenda eilte mit gezogener Waffe quer über den Ponton hinweg. Sie wollte die dritte Gestalt.

Ein Blick nach links reichte ihr.

Plötzlich sah sie ihn über den Ponton taumeln. Er schlug mit den Armen um sich. Er ruderte sich den Weg frei und schob einen Mann vor sich her, den er mit Tritten attackierte.

Glenda lief ihm entgegen und blieb erst dann stehen, als sie sich sicher war.

Der Schuß peitschte auf. Diesmal hieb das Geschoß aus der Beretta in den feuchten Körper der Gestalt hinein und schleuderte sie mitten im Lauf zur Seite. Dem Untoten war es nicht mehr möglich, sich auf den Beinen zu halten. Er stolperte über seine eigenen Füße. Danach fiel er hin, rutschte über den Boden und blieb liegen.

Glenda blieb stehen.

Sie konnte nicht anders. Sie mußte ihren Triumph hinausschreien. Daß alle Kugeln verschossen waren, glaubte sie nicht. Eine oder auch zwei mußten sich noch im Magazin befinden.

Glenda hatte die Arme angehoben und hielt die Pistole mit beiden Händen im Anschlag. Die Mündung zeigte diesmal auf kein Ziel, sie wies in den dunkelblauen Himmel hinein.

Quer über die Fläche kam Suko auf sie zu. Die Riemen hingen noch aus der Peitsche und schwangen bei jedem Schritt mit.

Glenda ließ die Waffe sinken. »Es waren drei. Zwei habe ich erwischt, einen du.«

»So ist es.«

»Hast du noch einen gesehen?«

»Nein, aber ich weiß, daß eine Menge mehr die alten Gräber verlassen haben. Das müssen über ein Dutzend gewesen sein.« Er schaute sich um. »Einen konnte ich am Friedhof töten.«

»John und ich haben schon zwei in unserem Zimmer erwischt. Einen hast du erschossen, als ich im Wasser steckte.«

»Bleiben trotzdem noch welche.«

»Hast du Schüsse gehört, Suko?«

»Von dir.«

»Das stimmt. Aber ich werde das Gefühl nicht los,

aus der Ferne etwas gehört zu haben.«

»John ...?«

»Das ist durchaus möglich.«

Suko atmete scharf aus. »Er wollte sich diesen Anführer holen, ich traf ihn kurz.«

»Und der stand auf einem Boot!«

»Wo genau?«

Glenda konnte den konkreten Ort nicht angeben. Sie deutete in die entsprechende Richtung.

»Dann komm mit!«

Die Menschen hatten sich gerettet. Sie standen jetzt an der Bar und drängten sich dort zusammen wie Schafe auf der Weide, wenn sie unter einem Gewitter litten.

Auch Don Lester befand sich dort, und zahlreiche Stimmen sprachen auf ihn ein.

»Einen habe ich noch vergessen«, sagte Glenda beim Laufen. »John erschoß einen auf dem Steg.«

»Dann sieht es gar nicht so schlecht für uns aus.«

»Richtig, für uns nicht ...«

Meine Lage war nicht besonders gut. Ich lag im Wasser. Ich wußte auch, daß ein Mensch wie Mason King nicht aufgeben würde. Er hatte alles eingesetzt, und er dachte nicht daran, diesen Einsatz zu verlieren. Er würde bis zum bitteren Ende durchhalten und wenn es ihn das eigene Leben kostete.

Ich kam wieder hoch.

Es war dunkel. Das Wasser war in meine Augen gedrungen und behinderte noch die Sicht. Ich mußte mir die Haare aus der Stirn schleudern und Wasser aus den Augen wischen.

Das Boot dümpelte in meiner Nähe. Auf der Oberfläche schwammen die Gestalten der Zombies wie

Treibgut.

Wo war King?

Ich sah ihn nicht. Er hatte sich zurückgezogen. Er mußte unter Wasser sein und dort seinen neuen Angriff vorbereiten. Möglicherweise war er auch abgetaucht und befand sich auf der Flucht, obwohl ich mir das nicht vorstellen konnte.

Das Wasser schwappte hoch bis zum Hals. Es war hier dunkel, denn es existierte weder eine Außen- noch eine Innenbeleuchtung. Das Licht der Girlanden-Birnen reichte auch nicht bis zu uns, und so konnten wir beide nur lauern.

Er mußte hochkommen. So lange konnte er die Luft nicht anhalten; Mason King war ein Mensch und kein Zombie.

Noch blieb er verschwunden.

Bis sich das Wasser vor mir plötzlich bewegte. Es schlug Wellen, die gegen meinen Hals klatschten, und dann erwischte es mich in Bauchhöhe. Etwas Hartes drückte sich hinein, und es wäre sicherlich noch schlimmer gewesen, hätte das Wasser nicht für einen entsprechenden Gegendruck gesorgt.

Ich wurde zurückgetrieben. Zugleich verloren auch die Füße den Halt und das Wasser schwemmte mich regelrecht auf. Plötzlich lag ich auf dem Rücken, und Mason King tauchte aus den Fluten hoch wie ein vorsintflutliches Ungeheuer.

Er hielt die Stange noch fest. Riß sie in die Höhe. Schrie dabei und rammte sie nach unten.

Diesmal fegte sie mit voller Wucht heran, denn da war nichts mehr, das sie bremste.

Ich drehte mich vom Rücken auf die Seite.

Kein Treffer.

King heulte vor Wut. Er hatte die Stange nur in das leere Wasser geschlagen und mit ihrem unteren Ende auch den Grund erreicht. Von der Wucht war er nach vorn getrieben worden, und er hielt die Stange fest wie ein Stabhochspringer sein Instrument.

Durch die Fehlaktion war er aus dem Konzept gekommen. So etwas nutzt ich aus. Obwohl mein Magen schmerzte und auch die Partie darunter, dachte ich nicht an Aufgabe.

Ich griff an.

Ich hätte schießen können, aber das wollte ich nicht. Und so erwischte meine rechte mit der Beretta beschwerte Hand seinen Nacken. Der klatschende Schlag wurde noch durch das Wasser gebremst. Ich rechnete damit, daß King zusammensacken würde, aber er verschwand nicht im Wasser. Er war hart genug, den Hieb hinzunehmen.

Ein fürchterlicher Schrei drang aus seinem Mund. Ich sah das nasse Gesicht dicht vor mir. Die massige Gestalt des Arztes wurde durchgeschüttelt. Er schlug um sich und walzte mir entgegen.

Wie ein schwerer Sack fiel er nach unten. Er wollte mich unter Wasser drücken und mich ertränken, aber er war zu langsam. Wieder entwischte ich ihm, und dann schlug ich noch einmal in den fetten Nacken des Chefs der Voodoo-Wächter.

Diesmal reichte es aus. Er schrie nicht, er blubberte, weil Wasser in seinen Mund geraten war. Er wurde schlaff, sackte in sich zusammen, und hätte ich ihn nicht abgefangen, wäre er wahrscheinlich in diesem Pool elendig ertrunken.

So aber hielt ich ihn fest und sorgte dafür, daß sein Gesicht über Wasser blieb. »So nicht, Herr Doktor. Schließlich wollen wir wissen, was da genau passiert ist...«

Ich schleifte ihn durch das Wasser und war froh über den Auftrieb, so war er nicht ganz so schwer.

Noch immer herrschte bei den Gästen eine Stimmung, die von der Angst diktiert wurde. Sie hielten sich an der beleuchteten Bar auf, deshalb waren sie für mich auch gut zu erkennen. Aber nicht nur sie. Nahe des Wassers standen Suko und Glenda sowie der Mann, der Suko begleitet hatte und nur eine unversehrte Hand besaß.

Ich kam mit meiner Last aus dem Dunkel ins Helle. Das Wasser umschwappte mich. An die Geräusche hatte ich mich längst gewohnt, und ich merkte auch, daß das Wasser flacher wurde.

Suko hielt nichts mehr am Rand. Er sprang ins Wasser und lief mir mit rudernden Armen entgegen.

»Das ist der Chef«, sagte ich keuchend.

»Und seine Brut?«

»Vernichtet.«

»Gut, ich helfe dir.«

Suko faßte mit an. Gemeinsam schleiften wir den schweren Mann auf das Ufer zu, wo wir ihn dann hoch und aufs Trockene hievten. Er war nicht bewußtlos. In seinem Gesicht zuckte es, er stöhnte auch leicht, doch ich kümmerte mich nicht um ihn, sondern war froh, einen Pfosten zu finden, gegen den ich mich lehnen konnte.

Eine tropfnasse Glenda Perkins kam auf mich zu. Sie lächelte jetzt. »Ich denke, es ist vorbei – oder?«

»Das kannst du laut sagen. Der Urlaub im Höllenclub ist beendet. Es gibt keine Voodoo-Wächter mehr.«

Sie drehte den Kopf, um zu Mason King zu schauen. »Wie ist er nur dazu gekommen, sich als Anführer der Untoten zu fühlen? Das kann ich nicht verstehen.«

»Wir werden ihn fragen.«

»Glaubst du an Antworten, John?«

»Das ist mir im Moment auch egal.«

Das war es wirklich, denn ich wollte nur meine Ruhe haben.

Von den übrigen Gästen wurde Mason King angestarrt wie ein Walfisch, den jemand aufs Trockene gezogen hatte. Keiner wagte eine Frage zu stellen.

Ich ging auf die Bar zu und holte mir einen Lemon Drink, den ich direkt aus der Flasche trank.

Während ich noch schluckte, löste sich Donald Lester von den anderen. Er ging gebückt. Er lachte und weinte zugleich. Der Mann war völlig durcheinander. Für ihn war ein Traum wie eine gewaltige Seifenblase geplatzt. Er hatte alles eingesetzt und verloren.

Neben King blieb er stehen. »Du Schwein!« brüllte er. »Du verdammtes Schwein!«

Der Arzt grinste nur.

Lester griff in die Seitentasche. Und plötzlich hielt er eine Waffe in der Hand. Eine kleine Pistole, eine Derringer. Mochte der Teufel wissen, woher er sie hatte.

»Neinnn ...!« schrie ich und ließ die Flasche fallen, die auf dem Boden zerplatzte.

Ich wollte zu ihm, ihn festhalten, und auch Suko hatte sich in Bewegung gesetzt.

Beide kamen wir zu spät.

Wir hörten den Knall, als Donald Lester dem Mann aus kürzester Entfernung in den Kopf schoß, lachte, die Waffe ins Wasser schleuderte und uns mit Augen anschaute, in denen der Wahnsinn loderte.

»Ich bin der Sieger!« brüllte er. »Ich bin es! Schaut mich an! Ich liebe dieses Hotel! Bleibt bei mir, Freunde. Eßt, trinkt, tanzt, lacht, freut euch mit mir ...«

Keiner tat ihm den Gefallen. Daß er dann zusammenbrach, sahen Suko und ich nicht, weil wir zu Mason King getreten waren.

Das Kugelloch befand sich dicht über der Nasenwurzel mitten in der Stirn. In den Augen gab es kein Leben mehr. Der eine Schuß hatte gereicht. Wir waren uns sicher, daß der Arzt Mason King nicht als Untoter zurückkehren würde.

Mir blieb nur noch eines. Ich holte mein Handy hervor und rief den Kollegen Warren Cox an. Was jetzt anlag, das war sein Job ...

ENDE

Ausgezeichnet als bester Roman des Jahres 1998
(Gewinner des renommierten Kurd-Laßwitz-Preises)

Stephen Foxx, Mitglied der New Yorker Explorer's Society, findet bei archäologischen Ausgrabungen in Israel in einem 2000 Jahre alten Grab die Bedienungsanleitung einer Videokamera, einer Kamera, die erst in einigen Jahren auf den Markt kommen soll. Es gibt nur eine Erklärung: Jemand muß versucht haben, Videoaufnahmen von Jesus Christus zu machen! Der Tote im Grab wäre demnach ein Mann aus der Zukunft, der in die Vergangenheit reiste – und irgendwo in Israel wartet seine Kamera samt Aufnahmen in einem sicheren Versteck darauf, gefunden zu werden. Oder ist alles nur ein großangelegter Schwindel? Eine turbulente Jagd zwischen Archäologen, Vatikan, den Medien und Geheimdiensten beginnt.

ISBN 3-404-14294-2

BASTEI LÜBBE

Name: Eros.
Existenz: Vampir und Mensch
Ein Unding, ein Zwitter. So etwas durfte es nicht geben, aber eine schreckliche Laune der Natur hatte ihn entstehen lassen. Nur wenige Menschen wußten über ihn Bescheid. Dazu zählte Marek, der Pfähler.
Als Eros, auch Schrecken der Nacht genannt, sechs Tote hinterlassen hatte, griff Marek ein. Er verlor und hatte Glück, sein Leben zu behalten.
Eros floh in ein anderes Land. Doch der Schrecken der Nacht war längst nicht geläutert. Er tauchte an der Côte d'Azur auf, und sein Terror ging weiter …

ISBN 3-304-73228-6

BASTEI LÜBBE